Change | 大海的
饋贈

LOCUS

LOCUS

LOCUS

LOCUS

黑潮洶湧

關於人、海洋、鯨豚的故事

張卉君　著

目錄

黑潮文化

廖鴻基（海洋文學作家，黑潮海洋文教基金會創會董事長）

台灣是個海島，「海」、「島」兩字，其實已清楚標示，這座島和這座島上生活的萬物，與大海的密切關係。

北半球主環流之一，俗稱「黑潮」的「北赤道暖流」，約兩百公里寬，七百公尺深，近岸流經台灣東部海域，將西太平洋大洋性生態推靠近台灣東部沿海，帶來豐富的大洋性浮游動物，鯨豚。

由「黑潮海洋文教基金會」現任執行長張卉君寫的這部作品《黑潮洶湧》，所呈現的就是如此大洋背景下共事的一群人所衍生的一段故事。

黑潮海洋文教基金會，以 1996 年花蓮海域海上鯨豚調查起家，這團隊於 1997 推出賞鯨活動，1998 年團隊深感於這座島嶼與海的不合理關係，認為必要廣結社會資源一起來讓台灣社會轉過頭來，看見並學習尊重我們的海，因而創立文教基金會，取名黑潮，用意是希望這團隊臨摹黑潮默默影響台灣的能量。

從此，台灣除了原有的「海上黑潮」，島上還多了個關心海洋的非營利組織，「岸上黑潮」。

海上黑潮，千年、萬年恆常湍湍流過島嶼邊緣，岸上黑潮，人來人往，因緣際會，也走過了十八個年頭。

這群人，因為黑潮、因為鯨豚、因為海洋，而匯聚為團隊，共事於海。選擇非營利組織或是選擇海洋領域為工作重心，在其他國度也許不足為奇，但在台灣，或許就得面對長期畏海和功利雙重傳統價值的困擾。做了選擇後的這一群人，儘管在工作

目標辨識度極高的海洋主題共事下，也難免會有因為不同議題、不同認知、不同感受而在這團隊留下不同的痕跡和故事。

這部《黑潮洶湧》，藉由一回小吃店的聚會，讓幾位成員發聲，分別講出各自一路走來的心路歷程。作品中幾位陳述者有別於一般社會價值選項的「怪異行為」，我想，重點應該不是在突顯自我的特殊或潔癖，而在於「心」的不同選擇而發展出有別於陸地機會的海洋能量。本部作品雖以講故事形式鋪陳，但字裡行間仍然少不了置入一些基本道理，無論為的是鼓勵、爭取認同或批判，其實都無所謂，重點是，留下記錄。

十八年來所有與海或與這團隊有關的事件（故事），都是這團隊這些年來經歷的一波波浪頭。凡是走過，都將留下痕跡。然而，再深刻的鑿痕，都將不敵歲月的散佚本質。耕耘，若沒有隨後的整理與記錄，將無法看見這團隊過去的顛簸，也就無法預見未來的崎嶇。

記得黑潮基金會創立後沒幾年，團隊擅長記錄的特性便已呈顯。十八年來，無論文字、影像、繪本或報告，都算成果豐富。但是，有關黑潮歷史故事的記錄，《黑潮洶湧》算是第一部。當然，幾個成員的故事或許具代表性，但未必是這團隊歷史的全照觀點。期待更廣更且更深入的這類書寫，期待有一天能看見屬於黑潮文化岸上支流的「岸上黑潮」文化。

她

劉崇鳳（作家‧自然引導員）

通常那是在路上，我有時間開電腦慢慢看書稿。通常也是在路上，我看完就會直接打電話給她發表我的意見和想法。

十多年了，我們一向直來直往：「拜託，第六章土匪故事的結尾，跟女人風花雪月的愛情有什麼關係？」我說。「不好嗎……」她一愣一愣。「不是不好，是很爛。」我很誠實。「什麼？」她大叫，我感覺得出她咬牙切齒。

如同大學時代我們窩在房間裡討論小說，厲心耘星小鯨的名字在我們口中繞旋，我直率的見解夾以她五四三的鬼吼鬼叫。但其實，兩個人一直都很清楚，這回討論的主角，是海洋。

是交融我們青春、匯流我們智識、包容我們年輕氣盛、又收受我們痛苦挫敗的太平洋。二十歲的張狂果敢，讓兩人每逢春假寒暑假，背起大背包跨上機車，便自讀書的台南一路走走停停騎到花蓮，我們在海邊搭營帳，五天或者七天，徜徉在鹹濕的海風裡，認識這片海。

我一直記得她雙手扣著大背包，對路人驕傲而充滿自信地宣布：「對，我要去旅行！」那種天塌下來也無畏的傻氣。

十年，不長不短，但足夠讓一個天真浪漫的少女長成篤實堅毅的 NGO 組織領導者。十年，不長不短，但足夠看台東杉原海灣怎麼成為美麗灣渡假村、看一去再去的七星潭從什麼也沒有到什麼都有、看蘇花公路從蘇花高到蘇花改、看近海漁業一年比一年更蕭條……十年過去，東海岸變了，我們也長大了。

多年往返東岸的行旅，海洋生物對我們不再遙遠陌生。大三時，聽說兩隻小虎鯨在將軍漁港擱淺獲救，需要志工二十四小時輪流照料以及餵食。她正氣凜然拉著我一起去「救海豚」，兩人熱情滿滿、希望無限騎了很遠的路抵達現場，才發現真相一點也不好消受。母的小虎鯨在鐵皮屋旁的草地上，已失去呼吸，躺在地上如一團碩大的灰黑色橡膠；另一隻公小虎鯨，在狹小簡陋的兒童充氣泳池中載浮載沉，沒有力氣，需要人扶托才能繼續前行……我驚得呆了，有多少人願意前來？人類能給牠多少勇氣？

咬牙繼續自告奮勇，隔天黎明我揉著惺忪的眼敲她的房門，值班時間要到了，怎麼還不起床……結果她蒙著棉被朝我大喊：「不要去了！那麼遠，不用去了！」這簡直莫名其妙，直到我拉扯棉被，她冷不防掀開被單，面無表情地說：「工作室打電話來，小虎鯨死了。」像陳述一件與她完全不相干的事。

大概就是在那個時候，海洋保育突然間變得具體而鮮明，啟動了她體內某個開關，為著再理想的論述都無法解救失去的哀傷，唯有行動能帶來改變。

你喜歡島嶼嗎？喜歡。你喜歡海嗎？喜歡。你喜歡你的島嶼和你的海，如何能眼睜睜看這些喜歡一天天衰敗，卻做不了任何事。

這大概是她後來接下（黑潮海洋文教基金會）執行長一職的原因──要就用全部的生命撩落去。

然而改變世界是一條漫長的路。你會懷疑、疲憊、失望、憤怒，然後為無止盡的努力感到荒謬。

她不只一次聊起困惑和挫敗，頹然潦倒地垂下肩膀，在花蓮某個餐館或某條街道上。她也不只一次講起身邊志同道合的夥伴，講一講會突然間神采飛揚：「我真的好喜歡黑潮夥伴喔！」伴以燦爛甜美的笑顏。那樣熱烈昭告天下所愛的神情總令人著迷，就算不認識這些夥伴，似乎也能透過這樣的告白將信任完全交付。於是，她

說過千百次的放棄，卻不曾見她真正放棄過。

一如她熱愛的書寫，最後終被彎腰拾起。

那迴避與閃躲已久，假裝視而不見又無法忘記，擱置在生命角落的星星。

她曾在不同的生命階段裡跟我提及不同的海洋創作計畫，每一次提及眼睛都閃閃發
光。多種版本如在船上長大的小女孩、海巡署所長風中的回憶、老船長淒美的愛
情、或解說員藍色背心的傳說……有時我也聽得入神，但忙碌的她始終沒有辦法，
靜下來寫一部完整的作品。

跑的是開會、出差、上課、公聽會的行程；寫的是企畫書、邀請函、報表與課程規
劃。我在她虛弱的微笑裡看見某種恐懼，會不會……再也寫不出來了？注視著她的
恐懼與不斷奔逃，我們心照不宣，因為，我也有我的恐懼、我奔逃的對象。

直到她說要用六個人來敘述六種不同的海，我以為它將如過去夢一般消散。某天夜
裡，我在她一通電話裡聽見尚未動筆的深層痛苦與焦慮；某個早上，她拍著桌子對
我說：「如果明天就會死去，我一定會很遺憾沒有把它寫完。」我看著她，在她倉
皇又清澈的目光中，預見了這本書的誕生。

一個學文學出身的女孩，選擇在 NGO 組織工作，做社會運動時要鑽研艱澀的條款
和規則；作環境教育書寫，則得閱讀大量歷史文獻和科普專書，還需要田調訪談。
要工作又要書寫，一度懷疑她得了憂鬱症。著急擔心都沒有用，因為她就是這樣全
力以赴、拚了命也要把它完成的人。

我其實，深深折服於她這樣的傻勁與憨膽。

如同年輕時奮不顧身去救海豚一樣。關於正義與至善，俯身碰觸的同時也將窺見闇
黑的深淵——關於現實、甚或是自我的缺口。以為可以拯救或改變一些什麼，到頭

來卻是我們被海洋的廣褒無垠所療癒、被島嶼的豐富深邃所救贖。

所以怎麼能,不為這片海、這個島、這群守護者說些什麼呢?

張卉君,謝謝妳的熱情與才情,謝謝妳向我們展現如何轉化無力可回天的缺憾,點亮土地與人的微光。請問妳願意再花點心力多照顧身體一些嗎?好朋友希望妳可以健健康康活久一點,我們才有火繼續為這希望與絕望並存的世界燃燒。

想起那兩隻死去的小虎鯨、和妳往生的奶奶,明白痛苦和死亡都是老師,書寫一刻,他們已然融進妳的生命,妳交付了妳的所有,傳遞下去,致這座我們深愛的島嶼。

自序

在時間的長河裡，每個生命微光的閃現，都如同滄海一粟。

我在 2005 年加入黑潮，迄今超過十年，佔了過往人生三分之一的時間，也許日後還會更多，但對於大海而言，我們都只是塑膠微粒一般的存在。

寫這本書的起心動念，是想要把生命裡跟海洋、跟黑潮的夥伴們相遇的記憶，以小說的形式再現出來，並透過書中六個角色的設定，示現出幾種通往海洋的途徑；讀者大可不必膠著於書中人物真實性的指涉，每一個生命經驗都有其獨特性和共通性，且將他們都歸零為通往海洋的引路人，陪伴著你走向自己心中的那座海洋。若要深究，書中真實的部分，約莫只有「黑潮」這個組織。當然，我無意要塑造一個組織的神話，也並不純然想要爬梳這個組織的歷史，僅希望能透過文字的編織，將我眼中的海洋和黑潮拼接成一片深淺不一的藍色拼圖，與眾人分享，這些生命裡的際遇值得記錄下來，即使並非盡皆美好，卻都是一步步走過的痕跡，需要我們誠實以對；而那些共同價值和信念的重覆摹寫，則提醒著我們不忘初衷。

願把生命中第一本成書的創作，獻給大海，以及曾經並肩在這片海上的黑潮夥伴們，在有限的生命裡，你們是我最豐盛的擁有。

一千雫一夜

母親懷孕時，據說，她夢見了一頭鯨。

那是一個深藍色的夢境，長大後，每當她抱著我坐在山城的廣場上搖啊搖，對著檳榔樹下的一汪池水，母親總會溫柔地說起那個神祕的夢境。

「那是一個不知目標的航程，我和一群人在船上，不知道要去向哪裡，眼前只是茫茫的大海，沒有邊際，看不到島嶼。」母親一如往常瞇著眼睛說起。

「突然之間船舷迸裂了，靜靜的只如同蛋殼一樣的碎裂，我們腳下一涼便沉進了海裡，很深很深的藍色，水面上有光照射下來，不知道為什麼我們沒有害怕，也沒有人尖叫。然後頭頂上有一個巨大的影子，緩慢地逼近……」小小年紀的我總在這個時候，抬頭凝望著母親，望見她眼角皺紋裡的那一抹神祕：「我看見了鯨魚的眼睛。」母親凝視著我：「然後，當我醒來，妳就出生了。」

所以，我的小名就叫小鯨──出生在山城埔里，一頭被群山包圍的小鯨。

十八歲以前，我生活在全台灣唯一不靠海的縣市，海洋只是地理課本上無需背誦地名與邊界的藍色水塊，儘管我對海洋一無所知，卻充滿了想像；於是在上了大學之後，我開始了對於海洋的追尋，試著回答跟著我一路成長的謎團，關於左腿內側一塊十元硬幣大小的褐色胎記，如同翹鬍子洋芋片向上揚起的鬍鬚形狀，以及母親口中關於鯨魚的神祕夢境。

長大以後，我開始島內移動，一路向東走，在島嶼邊界的追尋，讓我遇見了一群陸地上的水手，並且從他們各自閱歷的風景裡追問著他們生命中的故事，試圖分辨異質中的同頻之音──那深藍色的基調讓我們逐步結伴而行，共同唱起一首深邃的歌，終於找到回返海洋的路。

一直到多年以後，我才看出自母親肚腹的海洋裡便註記在我腿上的胎記，原來是鯨尾巴的形狀。

臨暗天色，人與海。

島嶼東岸，黑潮流域

夏夜傍晚，通往海那邊的天空燒著一道紅霞，清朗無雲，天空中掛著初明的星月，徐徐風吹的空氣裡有海的味道。在這座被山包圍、被海環繞的城市，城裡的人們多半有著鮮明的輪廓和稍稍黝黑的皮膚，頭髮因為海風的長年吹拂，有著不純正的黑色；此外，在陸地上他們生活的步調緩慢，在海上卻異常矯健。

靠近漁港一處鐵皮搭建的平房大門敞著，走近一看，鐵皮大門上掛著一塊端正的招牌：炒螺肉，三十年老店。零星的機車、腳踏車隨意地停在鐵皮房外的馬路邊，屋內屋外或站或坐的人們各有姿態，彷彿和著某種慵懶閒適的節奏，臉上都有被陽光燙過的痕跡；屋內則不斷傳出鐵鏟聲、酒杯碰撞聲、酒酣耳熱的吆喝聲、嬉笑怒罵的笑鬧聲──當然，令人完全無法忽略的，是從屋子裡不斷傳出的陣陣蒜香和九層塔香氣，一盤又一盤炒得油亮香辣的炒螺肉，「吭登～」一聲被果斷地放在木桌上，

圍裙沾滿陳年油污的老闆娘來不及招呼，又一頭鑽入悶熱的廚房，奮力地以鐵鍋快火炒出一盤盤撫慰人心的在地料理。

在這個海港在地人才會來的小店，觥籌交錯、喧鬧無比的螺肉攤裡，圍坐著一桌穿著藍色背心的年輕臉龐；他們有著和討海人一樣黑亮的肌膚，頂著一頭海風吹歪了的亂髮，脖子上掛著運動頭巾，身上的 T 恤印著的鯨尾巴上，凝結著若隱若現的汗漬，甚至有微微的鹽結晶。在一屋子赤膊短褲口嚼檳榔的討海人群中，這群藍背心的海上解說員顯得有些醒目，卻又絲毫沒有違和感——或許是他們的眼中，也同樣映著一片大海吧。

「你剛剛怎麼看到的？」穿著一身白的解說員周屬心一陣風似地走進店裡，被太陽曬得發黑的臉上掩不住好奇，清澈的大眼睛發著亮光，欺身逼近正往杯裡倒冰啤酒的年輕船長。

「阿就～那邊的海怪怪的呀～」年輕船長阿吉嘴角忍住笑，像賣關子一樣繼續倒滿桌上的玻璃杯，沁涼的啤酒在斜傾的玻璃杯中細心地被注入，冒著白色的泡沫直直漲到杯緣，在溽夏高溫之下，杯體滲出了一顆顆透明的水珠，就像她唇邊的細粒汗珠一樣。

屬心接過船長手中那杯滲著汗珠的冰啤酒，一面往旁邊拉了張凳子，放下背包隨意地坐下，也不顧一身白衣易髒，繼續追問：「海面怎樣怪了？顏色嗎？旁邊的波浪嗎？還是你有看到霧氣？」她毫不放棄地繼續追問，一心一意想知道剛剛在賞鯨船上，為什麼年輕船長阿吉可以一眼看到十五公里以外的海面，有一群正在交配、搶親的飛旋海豚——當她還在三樓甲板瞭望區，一邊拿著望遠鏡苦苦搜尋附近海面、一邊拿著麥克風跟滿船遊客微帶歉意地解釋著：「今天的沿岸流較強，所以鯨豚不太容易搜尋……」並且做好今天會「敲海龜」[1] 的心理準備時，二樓駕駛艙的年輕船長阿吉突然將船身一個轉向，直直朝清水斷崖的方向開去。

1　海上整趟航程沒有搜尋到鯨豚，「摃龜」的意思。

「搞什麼？進港時間快不夠了！」

她望了望手腕上的錶，估計這趟船班再不往回程的方向開，恐怕就要耽誤下一個船班出航的時間了。整趟航程近一個半小時的搜尋，海面都毫無動靜，正當她要講出解說員的經典名句：「海洋只能期待，無法預約」的時候，阿吉船長突然轉變船隻方向，讓她燃起一絲希望──通常在賞鯨船上，船隻突然轉向最大的可能就是發現目標了；然而，透過望遠鏡朝船隻十二點鐘方向搜尋，卻又不見水面上的動靜，讓她瞬間有些遲疑。

雖然擔心船班晚進港會耽誤下一個船班，但感覺阿吉船長成竹在胸的樣子，她只好引頸盼望。

船隻開了近三十分鐘，正當她幾乎失去耐心的時候，水面上突然躍出一抹瘦長身影，在空中翻滾旋轉，眼睛一亮的她馬上透過麥克風大喊：「兩點⋯⋯兩點！在兩點鐘方向有動物的蹤影！」船隻駛近，果然是一群近百隻的飛旋海豚，在船隻邊跳躍、跟隨。忽然間，一隻飛旋海豚逼近船頭，在距離船頭幾乎不到五十公分的海面上調皮地一躍而起，引起船上的遊客們興奮地尖叫著！有著多年海上解說經驗的她，雖然對眼前的畫面一點也不陌生，但每一次都還是為著在海上偶遇另一個生命體而充滿感動。

「還好有看到。」看著滿船的遊客們為了眼前的這一群鯨豚瘋狂地尖叫拍手、不停地按下手中相機快門，她放下心中的大石：「還好沒有讓這些第一次出海的朋友們失望。」下了船，一對母女特別在離開前向她致謝，謝謝她和船長沒有放棄尋找，謝謝這趟船班讓她們遇見了天使。那是一個年輕的單親媽媽，帶著稚齡的女兒，她們頭一次隻身來到花蓮，媽媽想要讓女兒看看海，感受在自然中與野生動物相遇的感動。這位纖瘦卻堅毅的媽媽，在航程的搜尋過程中，一直引導女兒觀察海上的動靜，並不為長時間搜尋鯨豚蹤影未果而焦慮；直到終於遇見鯨豚的那一刻，這位溫柔的母親抱著孩子，感動得哭了出來。

飛旋海豚的眼睛。

因為自己也出生在單親家庭，厲心在船上時，特別注意這對母女的互動，年輕媽媽的堅毅和溫柔，讓她想起了自己的母親。因為那雙看海的眼神充滿了期待，所以周厲心在今天的船班上可以說是特別卯足全力，海面上任何一個黑影也沒放過，雖然最後還是因為被阿吉船長「逆轉勝」而有些不甘心，但心中卻是對海洋、對「救命的飛旋海豚」、對船長，充滿了感激。

所以一下船，顧不得身上全是海水鹹味，在鯨豚教室寫完紀錄表格之後，周厲心便風馳電掣地來到每晚解說員們聚會的所在，向在場的夥伴們描述上一個船班的來龍去脈，當然最重要的，是要向船長「討教」觀察海豚的祕方。

「阿吉，你眼力也太好了吧？船開了快三十分鐘才看到？」一直坐在角落，綽號「真牛屎」（閩南語發音）的解說員曾谷善，在聽完厲心描述阿吉足以媲美萊卡望遠鏡的眼力之後忍不住發話。好奇心旺盛的他在海上眼力不佳，看近的可以，看遠的

就不行，總是要依賴同船的海員才找得到鯨豚的蹤影，此時他忍不住跟著追問：
「欸，在海上到底要怎樣才看得到啊？」

「就像你到海邊撿垃圾一樣啊！要懂得觀察～在海上的觀察力很重要！」阿吉船長
煞有介事地用曾谷善最擅長的工作：撿海洋廢棄物（簡稱「海廢」）來比喻。谷善
是黑潮組織裡出名的「海廢王子」，家庭背景頗為富裕的他對於接管家業並沒有太
大興趣，大學念了環境工程，畢業後第一份工作便投身東岸的海洋環境組織，從
撿海洋廢棄物的工作開始，撿垃圾、統計數據、分析洋流影響、追溯垃圾回收機
制……一撿就撿出了興趣，還撿到上電視新聞，「海廢王子」的名聲從此不脛而走。

「哎呦～聽伊咧臭彈！伊係海湧養大的吶～那有看嘸欸道理！（哎呦～聽他在臭蓋！
他是海浪養大的吶～哪有看不到的道理！）」在一邊早已喝開的金發漁號老船長清
海伯虧了他的兒子阿吉一句，像是在揶揄從小在海上長大的討海郎，與其用這群
「都市俗」解說員的科學思維解釋到他們聽懂，還不如教他們累積海上經驗的硬道
理。

「呵，要看懂海，是沒有捷徑的啊。」坐在厲心旁邊、個子嬌小細弱的女孩耘星，
長長睫毛的大眼睛透著慧點，在眾人酒酣耳熱之際，穿梭張羅著每人碗裡的菜，說
起話來清脆直爽，帶著一點俠氣。如果在金庸小說裡找一個相似的角色，她大概是
黃蓉的類型吧。

「阿吉和清海伯的眼睛被海水浸潤過，擁有陸地上人們所看不見的深度，在海上連
水面下的魚團都看得到了，更何況是還會浮出水面換氣、跳躍的鯨豚呢！」

耘星接著說：「所以啊，解說員不用問那麼多，清海伯的意思就是，乖乖出海就對
了啦！看久了你就會看了，對吧？清海伯！」一邊說著，耘星一邊又為清海伯半空
的酒杯注滿了啤酒。

「哎呀，亦係耘星最了解我啦！」清海伯豪爽地笑了開來，仰頭將手中酒杯一飲而

盡，在他眼中，這群「黑潮」的年輕解說員就像是他的孩子、孫子一樣，

有些資歷較深的，跟他的孩子阿吉船長差不多年歲；而每一年透過解說培訓考上的「新手解說員」，則是青春洋溢的大學生，就像他的孫姪輩一樣。在清海伯眼中，這群來自台灣各地的孩子雖然成長背景和討海人很不同，但他們卻讓他想起年輕時的自己，眼中燃燒著對海洋的渴望。

「清海伯，我敬您一杯！」在眾聲喧嘩之際，一個姍姍來遲的高大身影自顧自地朝老船長舉杯，接著旁若無人地拉了把椅子坐下，沒頭沒腦地就加入話題：「怎麼樣，今天海上看到什麼？」這是資深的解說員土匪，一頭「飄撇」的半中長髮、身上總帶著動物的氣息，壯年的身體裡面裝著孩子的靈魂。

「看到救命的飛旋海豚！」厲心又把剛剛在船上發生的事簡單地跟土匪說了一遍。

「飛旋很棒啊！大家都太期待看到大型鯨了，其實飛旋海豚是在東部海域很具指標性的物種啊。」近幾年在台北帶孩子們做體制外自然體驗教育班的土匪，在船上是兼具感性與知性的解說員；生物學背景的他碩士論文做蛇類研究，總是上山下海抓樣本，此外他迷戀動物的骨骼，在路上遇到路殺動物[2]，一定帶回家做骨骼標本。正是由於他兼具生物科學的專業和對世界的高度感受力，讓他成為黑潮解說團隊中風格獨具的海上解說員，而他純粹又颯爽的性格、瀟灑不羈的外型，則讓他有了「土匪」這個幾乎取代本名的外號。

「我以前在墾丁當解說員的時候，就覺得很多喜歡賞鳥的同伴之間的討論很像是在『集點』一樣，每次看到不同的生物種類就拚命拍照炫耀，對於常見的生物種類反而就興趣缺缺，我覺得這種態度並不是很正確。」基於對生物的熱愛以及對世界的誠實，土匪總能點出發人深省且直指人心的觀點。

2　路殺（Roadkill）指的是野生動物在路上被車輛撞擊致死的現象，也可以說是發生在動物身上的車禍。

「而且，我們真的是一群很知足的解說員，在海上可以遇到飛旋海豚就萬幸了。哪像有些人，剛從東加拍完水下回來，看大翅鯨看得很過癮，是不是啊，溫鑫？」土匪說著說著，半開玩笑地把箭射向正埋頭吃飯的解說員溫鑫。

長得溫柔敦厚的老好人溫鑫抬起頭來，細細彎彎的小眼睛瞥向發箭的土匪：「幹嘛？我躺著也中槍！」引起眾人哈哈大笑。

「鑫哥，你這次去東加，拍到不少畫面吧？」我忍不住插話。溫鑫在他的人生道路上很早就立志要當攝影師，又因為在黑潮當解說員的經驗，讓他決定以鯨豚為拍攝主題，在賞鯨船上拍還不夠，前幾年開始，他自費到東加群島參加水下攝影的工作坊，跟著幾位當代重要的生物攝影師一起學習，持續了三、四年的拍攝，讓溫鑫的水下攝影越來越出色，每每在社群媒體網站上發布水下鯨豚精彩的互動攝影，那是我最嚮往卻始終不敢下潛的深藍世界；所以每回只要溫鑫回國，我們總要拗他做經驗分享講座，聽聽他拍攝的甘苦談。

「嗯，這次水下的狀況不錯，海況也很清澈，還有錄到一些大翅鯨的歌聲。」溫鑫完全不帶炫耀地說，溫厚安穩的樣子像是一頭陸地上的海獺。

「喔……我想要聽故事！」我好奇心氾濫的老毛病一發作，眾人絕對是拗不過的。

「說故事大會又要開始咯？我好期待！」厲心睜著亮亮的大眼睛，摩拳擦掌地準備加入。

「欸欸欸，說歸說，你們酒不要停啊！」阿吉船長一邊起身從冰櫃裡又拿了兩瓶台啤，一邊加點了好幾樣小菜，多年和黑潮的解說員們一起在海上工作，阿吉船長對每個人的脾性都略有掌握，包括誰的酒量好、誰的酒品差、誰喝開了就什麼都套得出來。

在這樣的夏季夜裡，螺肉攤、海洋、鯨豚、沁涼的啤酒，還有最好的下酒菜——每

個解說員深藍色背心口袋中能掏出的「故事」。這絕對是最精彩的「黑潮之夜」。我彎腰隨意拿起桌子底下歪歪倒倒成一片的玻璃空酒瓶，在眾目睽睽之下吆喝著：「來呦！說故事大會開始，大家選個好位置靠過來吧！」於是以我為圓心，順時鐘依序是白衣解說員周厲心、酒杯不離手的阿吉船長、眨著長睫毛的耘星、喝得滿臉通紅的清海伯、小眼睛攝影師溫鑫、海廢王子曾谷善，以及始終在狀況外自說自話的長髮土匪——此刻大夥聚精會神地注視著桌上橫躺著的空酒瓶，「黑潮故事大會，開始！」隨著我的一聲吆喝，如同賽車場上舉起手中旗幟揮舞的賽車女郎一般，綠色的玻璃空瓶開始順時針快速旋轉了起來，然後越來越慢……越來越慢……越來越慢。

眾人一陣歡呼——瓶口停住，指向了睜大雙眼的白衣解說員厲心。

第一章

回望陸地，福爾摩莎

但知每一片波浪

都從花蓮開始——那時

也曾驚問過遠方

不知有沒有一個海岸？

——楊牧〈瓶中稿〉

剛來花蓮的第一天，一個機車行的阿北跟我說：花蓮的土會黏人——這句話當時猛然一聽不以為意，沒想到後來，我就這樣在這個城市裡讀書、工作、生活、出海，接著不知不覺就這樣被大海黏住了。

我是厲心，媽媽家在中壢，從小在北方城市長大，雖然偶爾會到永安漁港去走走，但真的開始被大海勾引，一發不可收拾地愛上她，還是在來到花蓮以後。我在讀書的時候來到這座山海小城，尋找與海洋相連結的契機。第一次聽見「黑潮」這個基金會的名字，源自另一個賞鯨發源地港口的老船長。起初並沒有急著想要認識，畢竟我不是個快熟的人，一切很隨緣；而後終於在求學的第二個夏天，因為參與「黑潮」所舉辦、為期兩個月的夏季營隊，認識了一群熱愛海洋的「瘋子」，開始跟著這群夥伴上山下海、到部落做調查、出海去找心愛的海豚，也因此一頭栽入了海洋的世界。

老實說，一開始參加黑潮的活動時，我並沒有想要成為解說員，只是對於一個NGO感到好奇，想要透過兩個月的時間來認識海洋相關的事情，就算沒有出海，可以在陸地上做一個快樂的海洋志工，我也就心滿意足了。因為我知道，「喜歡海洋」跟「成為海上解說員」其實並沒有直接的關聯性，如果只是喜歡海洋，黑潮有許多體驗型的活動可以參與，一些陸地上進行的漁村田野調查、漁港調查等志工活動，也都可以邊玩邊學習。要想接觸許多與海洋相關的有趣事務，並不一定非得成為黑潮的解說員才能夠做到；相反的，一個基金會的解說員不只代表個人，在穿上藍色背心的時候，代表的就是整個黑潮組織了。當時的我，老實說還沒有做好心理準備要成為那樣有重量的角色，後來實在是因為組織需要人力，不忍心看到夥伴常常為了找不到解說員出海，幾度要「開天窗」，我這才被拎上鑑定船班，受命成為

支援夏日船班解說的人力。所以不同於黑潮的許多人，我是在認識黑潮很久之後，才開始成為一名解說員的。

加入黑潮之後，就發現黑潮人真的很可愛。黑潮的夥伴多半有著神經兮兮的特質，他們似乎不太擔心貧窮，卻可以為著夢想執著瘋狂，這大概是讓我喜歡和這群人在一起的原因。喔⋯⋯還有，這群人都不能沒有酒，他們的眼睛是深藍色的，血管裡流著發酵的小麥酒精；還有什麼樣的群體有著這麼美麗的特徵？

我始終記得海上的光影。

在生活中偶爾需要離開這個山海城市的時候，我必須一再地翻看黑潮夥伴們分享的太平洋動態照片，才能稍稍撫慰我暫離這片海域的孤獨。在陸地上生活了二十多年，在過去我其實對於世界沒有疑惑；直到認識了中央山脈以東的這塊土地，真正

越過紅燈塔，即將邁入太平洋的懷抱。

有機會搭船航向全世界最大的水體——藍色太平洋之後，我才驚覺過去二十多年的視野，都是陸地上的思維。

而我極其有幸，在這座島嶼生長，然而對於海洋的認識，卻相對地極為貧乏。於是當我意識到另一個深藍且遼闊的世界，如此親密又陌生地環抱著我的生長，而我卻對她一無所知的時候，心中便滋長了強烈的意念，想要不斷地探索這個未知且迷人的世界，直到生命的盡頭，都想要跟她在一起。

花蓮一帶的海域，海底地形如同臨海的山壁一樣陡峭，極少有可親的淺灘可供人們戲水；也因此，搭乘賞鯨船成了一個很好的載體，能夠讓我們搭著船在海上對著喜愛海洋的大眾做解說，而東部豐富的鯨豚種類則成為吸引遊客的一大亮點——畢竟在茫茫大海中無預警地與另一群生命自然相遇，那種油然而生的欣喜與感動，是筆墨難以形容的。如果你曾經到海上來，和野生動物有過近距離的互動，你就會同意，牠們並不笨；甚至你可能會願意相信，在某個交會的片刻，這些野生的水下精靈與人類之間，存在著奇妙的信任。有時即便是一趟什麼鯨豚也沒有看到的船班，但單單只是搭著船隻在海上，也足以洗滌人在城市中蒙塵的靈魂；到海上出走一趟，光是靜靜在甲板上坐著，遠眺花蓮的大山大海，視野也就跟著開闊了起來，心思也不再糾結無奈。曾經在一個「摃龜」船班之後，一位隻身前來的女士即便下了船，還是特地留下來跟我致謝，她說雖然不是每一次出海都可以遇到鯨豚，但每次只要她心情鬱結，覺得城市擁擠而人心難測時，就會想要到花蓮來出海。只要一趟船班兩三個小時的時間全然地徜徉在海上，就可以讓她又找到回都市裡去工作的能量了，就像是「充電」一樣。

這就是大海的魅力和能量吧！她吸納了所有長路迢迢的河流，如同母親，如同朋友，也如同夥伴。在大海之中，我最喜歡的海豚莫過於飛旋海豚了！每當遇到沿岸流較強的航次，明明風平浪靜的海面，卻怎麼樣也尋不到海面上有任何鯨豚的動靜時，飛旋海豚往往是我心中最後的期盼。這群老朋友總是出現在整船遍尋不著、焦急難耐的時刻，當我們準備放棄搜尋的瞬間，我最愛的「旋旋」就會彷彿有心電感應一樣，「嘩啦」躍出水面，在海面上騰空旋轉，引來一陣驚呼，淘氣地召喚著我

們的船隻，熱情地跟隨著船頭的海浪，製造出許多來自船上人們驚喜的叫聲和歡笑聲──那往往是整趟船班中，我最享受的一刻。

雖然在今日，東部的賞鯨業發展如此興盛，但事實上對於這群日夜生活在我們周遭的鯨豚朋友，人類的認識還是相當少。畢竟，在一九九○年鯨豚正式被列入保育類動物名錄，受到台灣的野生動物保護法所保護之前，牠們可說是漁獲的其中一種；又因為在施放延繩釣時會引來海豚把漁獲吃掉，造成漁民的損失，對討海人而言，牠們可是惡名昭彰，一點也不可愛呢！

當時，對於陸地上的人們而言，海豚就是一個可愛的象徵圖騰，並不具有太多的相處經驗，要認識這種生物多半是生物學家利用對擱淺動物的解剖，才能透過這些生病或死亡的動物稍稍了解牠們的構造與演化痕跡。所以過去的生物學研究者對於這些野外鯨豚的習性、種類、分布範圍、生活習性，多半從國外的書籍和影片來了解，但台灣沿海的鯨豚有多少種類？牠們生活的區域、族群之間的關係為何，卻是極為缺乏的資訊。

於是，從一九九六年開始，有一群喜愛海洋的人開始和少數的生物研究學家一起合作，雇用漁船作為研究船，花了好幾個月的時間在東部海域做地毯式的搜尋和記錄，才陸續整理出台灣東部海域可見到的鯨豚種類。當年這些重要的野外調查資料同時確認了一個訊息：台灣東部海域得天獨厚的地理環境，以及終年流經台灣東部的一道暖流──黑潮，造就了豐富的鯨豚資源和發展賞鯨業的條件，也開始為台灣寫下從「捕鯨」到「賞鯨」的另一頁歷史。

繞島，翻轉的視野

在這之前，住在陸地上的水手們在紙上一次又一次畫著心中夢幻的航線。

對於海洋，他們雖然比大部分陸地上的人還要有經驗，但面向不可預期的大海，規劃這樣的航行，心中仍是充滿了興奮、敬畏和一些些對未知的恐懼。

我記得，那是二○○三年的事了。

那一年的春分時節，由海洋作家 L 領航，黑潮團隊從花蓮啓航，以二十噸的小型娛樂漁船，花了一個月的時間緩慢繞行台灣一周，記錄每個港口與海岸的特色。現在聽起來，航行台灣一周似乎並非難事，但在當年海禁嚴格的台灣，一群沒有船員身分的人要持續在海上進行三十天的航行，並且進出多個港口，可以說是破天荒的創舉。

作家 L 是黑潮海洋文教基金會的創辦人，在專事書寫、成為作家之前，他也曾經是不適於社會、終日徘徊躑躅於大海身旁，在潮來潮去的浪潮裡思考人生方向的年輕人。而在某一個浪頭湧起的時刻，L 跟隨了心中的念頭，從事幾年的討海工作之後，隨著大海的節奏與豐富的贈與，竟也因此在血液裡注入了海洋的元素，就此自成一格地成為了海洋文學作家的代表之一；而後在一九九八年發起募資，成立了黑潮海洋文教基金會，一個以海洋保育、漁村文史調查、海洋環境教育為主軸的非政府、非營利組織。

二○○三年的春天，在台灣海域沿著海岸航行，對習慣在陸地上生活的人們來說，是稍具難度的考驗。雖然「繞島」聽起來就是一趟萬分浪漫的海上行旅，但在氣候不穩定的前提下，海上浪況時時顛簸，在連日的航行過程中，船上的夥伴多半暈吐得連爬行的力氣都沒有；而天生不暈船的人如同獲得了上天眷顧的加持，少了身體上頭暈目眩的不適應，更能怡然自得地在船舷邊閱讀、寫字、畫畫，盡情地與大海對話——在航程中一起上船的花蓮在地作家 C，就是那個羨煞眾人的幸運兒。

在跨越那道海岸線之後，C 記錄了這趟旅程的周折：

> 海水洶湧。我們幾乎每一天都在出發和離開，但也每天都靠岸回來。一個港接著一個港。這些港口，好像是旅途中一個又一個的驛站，或像是進出的門戶。我們整個月一直仍在熟悉的自己的疆土內，不曾跨越至另個空間或文明，不是去遠方的異地他鄉。特殊之處，只在於我們每天都在往返跨

越意味著隔閡和阻絕的海岸線，以沿岸的水域爲路徑，以生活空間狹小的船隻爲交通工具，在洶湧的海水間沖瀎前行，孤立移動，在永遠起伏不定的空曠而神祕的海洋，一個長期以來對大多數人而言彷彿禁地且令人畏懼的海洋。

當我在基金會的圖書室，翻閱繞島團隊集結航海日記出版的那本《臺灣島巡禮》，同行作家 C 在推薦序中形容那一趟旅程如同一種「通過的儀式」時，完全可以想像當時船隻穿越過的水域，並不僅僅是虛擬的行政分區，還是台灣一直以來對外實施嚴格海禁政策之下，多重限制、檢驗人民出入海洋與港口之間的這種有形和無形的枷鎖，彷彿在人與海之間築起一道道高牆一樣，阻擋了海島子民航海與向外探索的本能；而在當年的那一趟航程之中，的確挑戰了台灣海洋政策上多重實際和虛擬的阻隔，也或許正因為如此，當年乘船繞島的創舉引發了媒體熱烈的報導，在當年如同領頭羊一般，撞開了島嶼人民對海洋的想像，以及向外探索的可能性。

那一年，我還是獨自晃蕩在花蓮另一處海岸的「自由人」，雖然沒有參與到繞島的航程，卻在當時連續好幾日的媒體報導中得知這樣一個團體，和那一趟動人心弦的夢想航行；後續又從翻閱的紀錄文字和照片當中，一再想像著這趟旅程的壯麗——你可曾航行在島嶼邊緣，翻轉從陸地望向大海的視野，以另一種漂浮、蕩漾的節奏，回望島嶼的形狀、陸地的邊緣、山脈的綿延、城市的全貌？那是身為海島子民的我們，在有生之年怎麼樣都應該體驗一次的旅行。相較於陸地上的平穩、固著，置身在海上的搖晃，彷彿回到母親的子宮裡一樣。置身陸地的力氣在海上顯得無用了起來，面對海浪的起伏，上下左右無法預期的擺動，你只得放軟身體、目視遠方，隨著浪的起伏調節呼吸，看著每一道浪的湧起和落下，想像自己是一株海草，柔軟卻堅韌，微小而又重要。

確實是這樣的。當你來到海上，所有的五官感受都得重新定義——風聞起來是鹹的，耳朵聽著船隻航行破浪的聲音、皮膚的觸感則是濕黏的，曬久了就紅，毛細孔處結晶了一顆顆細粒的鹽巴，接著是一層層褪皮，身體彷彿不斷在新生；而視線，睜開眼就是藍色。陽光在不同的時刻照射在海面上，折射出深淺各異的藍色，而天

空也是藍的，有時候妝點著幾朵花菜般的積雲，有時則乾淨得純粹。陰天的時候海是灰的，風大的時候則什麼顏色都亂了，海上白浪捲起如蛋糕上的奶油花邊，而船上的人則顛簸得像震碎的夾層布丁，軟爛而委靡地掛在船舷甲板上。

當然，海上不僅僅只有藍。

與陸地拉開一段距離之後回望，在天氣清朗的海面上，巍峨佇立的島嶼山脈序列橫陳，山坳褶皺的幽謐、坡巒無畏地挺立在海面上，你清楚地看見了山與海的邊界、看見了河流奔向出海口的波瀾壯闊，還有整座城市被山擁抱、被海環繞的幸福。越過東海岸氣勢逼人的崩壁斷崖、航過豁然開朗的蘭陽平原、繞過台灣島最東點三貂角，進到了東北角凹凸有致的峽灣地形；轉過幾道浪，船隻離開熟悉的太平洋，進到台灣海峽，沿線平直的海岸線、河口潮汐灘地與沙丘景觀與東部風情迥異，不僅海的顏色顯著地呈現出差別，平坦的地形和沙洲地質，靠海搭建的蚵棚、漁業用保麗龍、岸上林立的煙囪與含沙量高的河流出口，構築了西部海岸的印象。

在聽過這一段繞島的故事之後，每當我開車回到西部，車子行駛在海岸邊緣時，常常出神地想像著這一段陸地上的風景，從海上回望的模樣──在沒有海上經驗之前，這是我從未想過的視野。但俗話說得好，「曾經滄海難為水」，與大海相遇的經驗也是這樣，一旦走出了陸地，去到海上，看過那千變萬化的藍之後，就彷彿是開了「天眼」，潘朵拉的神祕盒子一旦被掀開，那鋪天蓋地的好奇心就如同不斷被餵養撐大的胃，想要一而再、再而三地朝海上探尋。

清水斷崖，日出前的紅色山壁

在海上的經驗久了，生活裡離不開海洋。身邊的朋友總是透過臉書，向我分享每一天在太平洋上的視野。

偶有西部的朋友想規劃到東部旅行，也想親眼看看我所分享的海上風景。預定一趟海上尋鯨的旅行，大家最常問我的問題就是：「欸，厲心，你推薦幾點的船班啊？

清晨海面映照一片金黃。

上午好還是下午好？哪個時段看到的海豚機率高一些？」

嗯，好問題。通常呢，我會看交情和對象來回答。

如果是年紀大一點的朋友，習慣早起的，我會推薦早上八點的船班。因為這個時段呢，陽光剛出來不久，人又剛起床，精神比較好；如果是怕曬怕黑的美女們，我會建議下午四點的船班。這時候太陽不再直射，氣溫稍減，光線從海上折射出來比較不那麼強，一趟船班約莫兩個小時，回程時乘著向晚的海風，徐徐地很舒適；那如果是交情特別好的朋友，我就會偷偷告訴他們：「搭凌晨五點的船班吧！那可不是天天有的唷！是除了每天固定上午八點、十點、下午兩點、四點之外，不定期加開的隱藏版福爾摩莎船班喔！」

「為什麼特別推薦這個航次？海豚比較多嗎？還是可以看到大型鯨？」很期待看到

遠眺清水大山與飛躍海面的水針魚。

鯨豚的朋友們，非常執著於海豚數量，以及是不是可以看到「大傢伙」。

「不是耶，其實，根據黑潮長期在海上觀察統計的資料顯示，東部海岸的鯨豚發現率在早上或下午的船班上沒有特別明顯的差異喔！而且，鯨魚跟海豚都同屬於『鯨目』的科學分類，在花蓮航行的經驗裡，雖然有看到過大型鯨的紀錄，但目擊機率較高的還是小型齒鯨喔！」我忍不住搬出了解說員的台詞。

「那……為什麼特別推薦清晨五點的船班啊？那不就要很早起床嗎？」朋友有點語帶哀怨地說。

「你……不想在海上親臨日出時刻的清水大山嗎？」

而且，那將是一趟趁著天蒙蒙未明之際，從花蓮港出發的旅程。船隻閃著燈，轉過

紅燈塔一路往北航行，經過奇萊鼻峽角、七星潭海灣、三棧溪出海口、新城、太魯閣大橋、石硿子，直到航行至清水大山的山崖下。日光從海面上緩緩升起，照耀在山壁上的日出景象──你會看見傳說中的紅色山壁，垂直於海面上幾乎呈九十度的視角，巍巍立於眼前的東洋第一大絕壁。

日本探險家大橋隨鷗在一九二六年描寫的〈蘇花崖道の探勝〉中，曾以自身經驗描寫行走在清水斷崖路段的峻險：

> 在這樣數百日尺的高度，橫亙著這條崖路，就好像是針線縫或螞蟻行走成一線般。從山頂無法知道這樣垂直下切的山壁全貌，只能從一個小點隱約地眺望到另一處的風貌。海浪拍打，飛沫四散，就像飛龍騰空般，巉巖與綠苔相映於水面……置身在這偉大又壯觀的景色中的旅人，總是無法全盤看清這景致就走過去了，所以從南邊要回去北邊的時候，最好經由海路，在船上不斷地眺望，才有辦法一窺它的全貌。

如果有機會閱讀過去日治時期開拓蘇花臨海道路的歷史，會不斷看見日本探險家描寫清水斷崖這一段地形地勢的敘述，對這樣澎湃海浪與偉大地景極盡能事的讚嘆。然而，現在蘇花公路的路線已經是台灣光復後所修建的車行道路了，與日治時期臨海開鑿的古道路線有所差異，要領略「置身於絕壁間，千尋的深度下，浪潮有如盛開的花朵」這樣的視覺感受，對於現代的旅人而言已經是幾乎無法想像了。

清水斷崖崖高海深、氣勢磅礴，隨著蘇花古道的闢建而揭開了它的神祕面紗，得以為世人所知。在一九四一年日本發行台灣國立公園郵票時，特地選定清水斷崖為主題拍攝之後，亦曾經於日治時期由日日新報社讀者票選為臺灣十二勝之一，在不同時期也與太魯閣峽谷同列為臺灣八景之一，幾乎成了台灣東岸高山的最佳代言人，向世界展現了它的壯美與倨傲。然而，正如大橋隨鷗所言，要看盡清水斷崖的全貌，從陸地上是無法一覽無遺的，必須從海上不斷地眺望，才能領受那種拔出於海面，千萬年與你傲然相對的凜然，讓人屏氣凝神無法移開視線。

凌晨五點航行到清水斷崖的「福爾摩莎船班」，是根據一個美麗的傳說而定名。據說，在十六世紀中葉，葡萄牙船隻航行經過台灣時，有船員偶然遙望，發現一個青蔥翠綠的海島，禁不住喊出「Ilha Formosa」──葡萄牙語的「Formosa」是「美麗」之意，「Ilha」是「島嶼」之意；從此，西方世界就稱「台灣」為「Formosa」（福爾摩莎，美麗之島）。雖說從歷史考證，經商的葡萄牙船隻當時的航道更有可能是航行於台灣島嶼的西岸，「福爾摩莎」之名究竟是來自於台灣的哪個地景，眾說紛紜，但即便不在葡萄牙水手的航道之中，自海上航行於清水斷崖身畔的美，也必不辜負這樣的盛讚。

我記得曾聽過老一輩的討海人說，清水斷崖這一段的海岸，有可能是黑潮洋流最靠近台灣陸地的一段。終年流經台灣東部海域的黑潮暖流，自赤道由南往北一路流經菲律賓、呂宋島，擦身於台灣東部海域，又一路往北流向日本。這道溫暖、穩定、清澈的洋流，如同海中的高速公路，大量的迴游魚類順著這道洋流經過台灣島，也賜給海島子民豐富的漁產資源。每當航行到這個海域，我便感覺到生生不息的氣味，環繞著島嶼東岸，如同一道守護的力量，向人們展現海洋母親的慷慨與富饒。

所以，在所有的船班時刻中，我最鍾情於凌晨五點的「福爾摩莎航班」。每當乘著夜色出港，海洋隨著從海面東方緩緩升起的朝陽而變換著顏色，彷彿甦醒於黑幕之中的惺忪晨顏，海面水氣蒸騰，溫柔地纏繞上清水大山的腰際，船隻安靜地航行在果凍一般的海面上，而山始終等在那裡，等待我們帶著詩一般的心意滑過群山的身畔；偶遇出水的鯨豚，噴氣聲格外清晰，混雜著氣孔的黏液與冷熱交替的霧氣，在海面上吐納著美麗的噴氣，隨著初陽照射，水氣中泛著微微的虹彩，相映於幽藍平靜的水面之上。

每當船隻航行到最靠近清水大山的時刻，阿吉船長會悄悄地關掉船隻的引擎，讓船隻暫時泊止於清水大山腳下的海面上；而我則放下麥克風，讓船上的朋友一同感受這個難得的時刻──閉上雙眼，我們幾乎能夠聽見海浪輕輕拍擊著船體的微浪聲，聽見海風吹拂過崖上茄苳、大葉楠和清水圓柏葉片末梢的抖動聲；睜開雙眼，逼視眼前的則是巨壁千仞和汪洋萬頃，清晰得可以看見數千萬年前自海底抬升而起的花

崗片麻岩層，以及攙雜其中閃閃發光的岩粒。

如果說，山和海注定是一對觸不到的戀人，那麼清水斷崖一定就是山和海能夠最接近彼此的距離。它們在地球上相對凝望幾億年的時間，歷經多少次的板塊運動、造山運動、火山爆發抬舉出海，這是需要在佛前多少次的祈求、多少次望眼欲穿的期盼，才終能在最靠近陸地的邊緣交會；而每一道海浪的拍擊都像是窮盡力氣向上觸伸的撫摸，崖體上拍擊碎落的浪花如同飛濺的眼淚，如此悲傷，卻是山與海唯一能觸及彼此的方式 —— 有時我在船上望著大山大海想得走神了，心中傷感，也會跟著流下眼淚；心裡面暗自決定，如果可以選擇，我願長眠於此。

「我希望妳可以健康，活得比清水大山還要久。」阿吉船長一邊叼著煙遠望大海，一邊輕輕敲了我的頭：「周厲心啊周厲心，妳對自己的心真的太嚴厲了！」

沒辦法，自從我的生命裡住進了大海，就再也離不開了。

「如果真的有那麼一天……我會帶著妳最喜歡的白玫瑰花來看妳。」阿吉背對著我輕輕地說。海風吹過，他手上的煙灰飛落，帶著一種命定的落寞。

蘇花，一條回家的路

> 蘇澳至花蓮沿線因山崖陡立，逼臨海岸，加以番人攔阻劫殺，向來即視為
> 天險，少有人行。
>
> —— 《蘇花道今昔》

我喜歡蘇花公路。

不僅是因為它自清代、日治、光復時期扮演多重角色，記錄了不同族群進入島嶼東岸的斑駁歷史，或是它性格獨具，一身崎嶇險峻、千崖萬仞的磅礴氣勢，甚至連它原始不羈，時而崩塌陷落的難纏易怒，都深刻地體現了這條活著的山路，絕對無可

取代的獨特性。

自從年輕時到花蓮就學，迷上了大海和花蓮的土地，成為這座城市的新住民，這條花蓮人口中「回家的路」，也成了我往返北部和花蓮之間，唯一一條回家的路。來回蘇花，我多半選擇駕車獨行，一來是因為容易暈車，不暈的方法唯有自己坐在駕駛座；另一個原因，則是無法自拔地迷戀自己一個人駕車和這條公路「獨處」的時光，這種「獨佔」的心情，當遇到朋友想搭順風車時格外為難，多半會被我不留情面地婉拒。許多次有朋友問起：「周䗬心，妳一個女生為什麼那麼喜歡自己開蘇花啊？不會很危險嗎？」我一時無言以對。這種感受如人飲水，冷暖自知，沒有和這條公路相處過的人不會明白箇中奧祕。

幾年前，蘇花高速公路的議題曾經在國內引起極大的討論，在花蓮更是個極具爭議的題目，它幾乎是東部人民多年以來對於發展期待的總和，一再挑動花蓮人敏感的神經；一條道路的開闢，關係的不僅是地方的居民而已，而是全台灣的用路人，甚至這塊土地上的所有居民，都與這條道路息息相關。可惜的是，許多客觀且重要的討論，到最後都簡化成為「本地人還是外地人」、「要保育還是要發展」、「環境重要還是人重要」這種二元對立情緒化的激烈言詞，即便最後定案為「蘇花替代道路」，然而當時因為蘇花高議題所經歷的情感創傷，在日後花蓮在地議題的討論中，仍然屢屢借屍還魂，被重複地操作和模糊焦點。

在當時蘇花高的環境影響評估會議中，我也出席了幾次。每次在會議上聽到「專家」們習慣用複雜的言語解釋眼前的現象，越是解釋，不是專家的多數人越是聽不明白，而政客們則習慣用好聽的話粉飾和虛構美好的遠景——政見越是喊得利多，越是讓人忘了利多之前的誠實和責任。我以為，政府官員對大自然的責任不應該有任期，因為那山一旦鑿洞鑽了下去，即使錯了，哪還可能復原重來？

我跟同樣很關心這件事的好友小鯨聊：「人真的奇怪，山洞一鑽便成癮，好像不鑽下去不足以證明人類文明很進步。」可是，這個世界，沒有取之不盡、用之不竭的資源——如果真的有，也應該是存在於我們每個人心中的良知啊！

環境與文化是不可逆的無價資產，可惜在「開發」大旗的威脅利誘之下，卻總是被操作成與生計對立、與生存無關、「吃飽再來談」的高遠理想。人們用有限的生命去毀壞已存在幾百億年的大自然，成了失去歷史記憶的短視近利之輩。面對龐大的利益結構和蘇花替代道路開通的開發意志，人們不僅大規模地炸山挖洞，還試圖無視人類歷史文化遺跡的史蹟意義，不願停下開挖道路的工程或為此微幅更動通車路線。為了進一步挖掘這條道路的故事，我和小鯨分頭查詢了一些歷史資料，有了新的發現，我們兩個就會彼此分享訊息。小鯨告訴我，其實在二〇一二年蘇花公路改善工程進行谷風隧道南口邊坡開挖時，就意外發現位於宜蘭南澳、距今一千六百年以前的 Blehun 漢本遺址，在中央研究院的搶救及民間團體的努力之下，漢本遺址於二〇一六年正式由文化部遺址審議委員會審議通過，成為台灣第八處國定遺址；可惜的是，這個人類發展史上重要的史蹟由於範圍多處與原訂工程施工點重疊，到目

蘇花公路臨海道俯瞰海面。

041

前都還沒有逃過「蘇花改如期完工」的壓力，仍膠著在開發派與保存派的拉扯之中。

這個遺址的消息讓我感到十分雀躍，後續也持續地關注著開挖的進度。隨著開挖的進度和出土的史蹟，考古學家對漢本遺址越來越為重視，相較於其他遺址的出土狀況，漢本遺址的完整度非常高，在臺灣近年的考古遺址中甚為罕見。這裡出土的並不只是一些陶片或人骨，而是一個完整的聚落，包括他們所住的房子、鋪上石板的地面，周邊山坡還有田地，以及精巧堆砌用以擋土的駁坎階面。陸續出土的文物之中，可以看到這塊土地的文明早在距今兩千年前就已經開展；也就是說，當西方的羅馬帝國與中國的漢唐各自歷經興衰起伏之時，臺灣這塊土地的人們也有屬於自己的精彩歷史；此外，考古團隊陸續挖出了金箔、瑪瑙、玻璃飾品、青銅器等外來物產，和日前出土的一枚開元通寶，都能顯示出漢本人不僅從事農耕，甚至活躍於海上──從骨骼的某些特徵，顯示了他們經常划船，考古學家劉益昌因而認為，他們是在海上從事航行貿易的族群，有可能是「臺灣最早的台商，他們活躍於臺灣與東南亞海域，從考古出土的文物來看，漢本人過得很富裕，家裡很多來自海外的金銀財寶，是臺灣好野人」。天啊，這真的是太酷了！誰能夠想像得到，在蘇花路段位於鐵路西邊靠山側的緩坡裡，竟埋藏了一個距今兩千年的古老聚落；而在現有歷史紀錄的道路開通之前，這裡的漢本人老祖先早就活用了身旁浩瀚的藍色公路，到世界各地暢行無阻地展開了貿易活動。

蘇花古道盡是傳奇。

基於對這段公路身世的好奇，我曾經在《蘇花道今昔》一書裡，翻閱到蘇花公路的前世今生紀錄：

> 清代，由於一八七四年牡丹社事件，清廷開始了後山北路的開鑿，僅花了一年，全長一百七十四公里，在蘇澳至新城一帶駐紮兵營，用以開山撫番。後山北麓多切稜而上，攀至山頂再盤繞而下山腳，因路線落差大，不適合當作現代公路的選線參考與憑藉，加以開路之初施工欠扎實，如今路

基多已不存。日治時期，對於蘇澳至花蓮沿線再次開鑿道路，首先在北段闢大南澳路，接著在南段鑿通沿岸理蕃道路。最後，再將起伏不齊處除去，築成安穩升降的東海徒步道，最後以全長一百二十二公里的蘇花臨海道呈現出現代的交通建設面貌。自開鑿東海徒步道肇始，形成全線貫通的步道，然後再更改修成可以行駛車輛的蘇花臨海道，前後歷經十三年九個月，這便是蘇花公路的前身。路線起自蘇澳終至花蓮，僅約清代後山北路的三分之二，但路線幾乎沒有重疊，亦無任何關聯。

在書中，學者李宗瑞先生從歷史文獻中爬梳了這段公路開拓的血淚史，從距今一百四十多年前的清代，這段打通的道路就成了探進台灣中央山脈另一面的重要通道，也是後山原住民與漢人屢屢交手的場域；直到日治時期大規模系統性的介入和開鑿，帶入現代公路的思維重新鑿通蘇澳與花蓮之間的道路，因而成為極為重要、將台灣甚至世界各國的人導入島嶼東部的一個樞紐路徑。

事實上，若沒有閱讀這本考察蘇花公路前身的書、沒有看過日治時期「東海徒步道」的路線和照片，自己駕車行駛在當今的蘇花公路上，的確難以想像這條路的命運如此崎嶇交錯。現在的蘇花公路雖然每逢大雨幾乎都有坍方的災情，也發生過各種駕駛意外或落石砸落造成天人永隔的悲劇事件，但通常天氣好的時候，路況都還算是好走的——即便如此，要獨自開蘇花公路往返花蓮與北部，仍是一個需要經驗、令人提心吊膽的考驗，除了道路狀況與天候狀況息息相關，不是什麼天氣都能暢行無阻之外，來回都是單線車道且多處路段處在峭壁與懸崖之間，極少可供閃避或臨時停靠的車道空間，不熟路況的駕駛恐怕只要一個打滑或轉彎過急，都可能禍及對向車道的車輛或直接墜入海裡；另外，最考驗駕駛「技巧」的，則是蘇花公路上往返頻繁的砂石車、貨運車，山道狹窄崎嶇，跟在這些大型車前後，上坡速度慢、下坡怕煞車失靈突然暴衝，此時，如何保持靈活輕巧又敏捷快速、妥當有禮的超車技術，就展現了所謂的「技術」跟「經驗」。

記得我第一次開這條「傳說中」的蘇花公路，是在一個非假日的傍晚。當時因為從北部出發得晚又是第一次開，還載著一車大大小小的行李，一路塞車塞到蘇澳時已經

是晚上，夜裡的公路偎著更深的山影，緊貼著大山的胸臆，點點昏黃的路燈閃爍，白描出公路蜿蜒的形狀。不熟悉路況的我一路心神恍惚地想著「到蘇花了沒？」在完全不知道哪裡是起點哪裡是終點的狀況下，就已經一路開上了夜幕中的蘇花公路。

「夜駕」一向不是我的喜好，因為對黑暗心生恐懼，又擔心道路兩旁隨時衝出什麼生物來不及緊急煞車，所以一路聚精會神地循著地上的反光片乖乖地行駛在道路中央；一路上車行速度不快，遇到的砂石車倒也不是太多，優雅地超車，在夜的靜謐當中如同蝙蝠一般貼著地面穩穩地前行，不知不覺竟然就這樣在開過了幾個隧道之後，隔著花蓮大橋望見對岸燈火闌珊，如同迷魅初醒了一般恍然：「啊～原來我已經開出了蘇花公路啊！」不知不覺地在一種順暢的節奏下於黑暗中走完了蘇花，是我的「蘇花公路初體驗」。也許是一身「憨膽」，也許是神靈庇佑，我懷著敬畏的心情，一心想領略蘇花公路的艱險難行，卻如此無風無雨地在一片祥和之下感受到夜行蘇花的平靜與順暢，說起來，倒像是這條公路送給我的一份溫柔的見面禮。也或許是第一次的經驗如此美好，便讓我對這條「惡名昭彰」的公路興起了愛慕之心，往後多次在白天、黑夜、陰天、晴天穿梭於這條公路上，每每在一個急轉彎之後撞見了令人著迷、無法移開視線的大藍海洋，或是遇到山霧瀰漫的時刻，與素昧平生的同行車輛互相以車燈照應，甚至是在山路奇岩旁瞥見滿山的月桃和一閃即逝的獼猴身影，都成了這條公路與我之間最親密且無可取代的默契和風景。

偶爾一次與黑潮的夥伴們聊起車行蘇花的經驗，和我同樣著迷於獨自駕車走蘇花的朋友小鯨，帶著些許驕傲的神情，半炫耀地說：「我已經開蘇花開到和砂石車駕駛變成朋友了呢！」看我半信半疑，小鯨忍不住接著說：「有一次，我在南澳休息時，一位卡車司機叼著煙走過來跟我打招呼，他說：『小姐，妳之前不是都是天亮前南下，怎麼最近換走夜路，趕回去上班呀？』我還來不及答話，他繼續說：『過彎技術變好咯，之前我還以為是男生開的車……』這個天外飛來的讚美讓我一路開心地飄回花蓮……」看著外型嬌弱內心堅毅的小鯨，開車風格簡潔有力，走下車來的確會讓人產生一種「反差感」；而另一個也一樣喜歡開蘇花的朋友艾蜜莉，則是女飆仔一樣的開法，有一次我們同車換駕，行經隧道時，她毫不手軟地超車甩尾，氣勢也一點不輸男性——這條公路就是有這種魔力，讓懼怕的人退避三舍，而喜愛它的

人則是深深著迷於穿梭其中的速度感與挑戰性；也或者可以說，這條公路老愛以獨特的方式，鍛鍊駕駛人的真工夫和真性情。

然而，越來越頻繁的天災和人類對於開路不純粹的欲望，不斷改變著蘇澳到花蓮這一段海岸的景觀；臨海面的海岸侵蝕造成路基流失，無情的暴雨導致慘不忍睹的坍塌，而脆弱的地質和不斷面臨開採砂石的大山，又禁得起多少次開膛剖肚呢？我不禁感慨，難道人用貪婪把山都搬走了，就會有一條安全的公路在夢想中筆直地展開？而當挖山掘壁的新公路開鑿鋪平之後，當人們以高速的車行方式呼嘯而過，失去的不僅僅是這段海岸線的視野，更無從想像這條路在清代或日治時期開鑿時的歷史痕跡；未來從北部開車到花蓮的都會人也許因為交通的便利可以一日往返了，但對於真心期待經濟發展的在地居民，真的能夠因此而受惠嗎？還是反而減少了人們停留在沿途的理由，失去了更多過路休息的客源，最終走向逐漸沒落的命定呢──沒有一條公路的命運，能像蘇花一樣讓我如此掛心，它的美麗、驚心動魄，它的性格獨具，以及因此而生的深刻故事，都讓我為了它的多舛命運而潸然淚下。

從海上回望蘇花公路，如同山壁上一條淺淺的腰帶。

最喜歡在清晨五點的「福爾摩莎航次」途中，沿著島嶼邊緣一路向北眺望這條蜿蜒曲折的公路，從海上飽覽它時空交錯、不同時期的前人們用手挖、用刀鑿的手痕足跡；又或者，在某個清晨就出發的路上行旅，獨自駕車行駛到清水山腳下，在蘇花古道的碎石路邊遙望海面那班屬於我們的船──映著朝陽的海面，一艘靜止於清水大山腳下海面靜聽風聲的多羅滿號──和我一起聆聽億萬年來山與海的戀人絮語，都被我一起收在這條公路的故事裡。

獨自開車也好，在雨天搭著火車經過也罷，甚至徒步走一段海濱，或是用單車挑戰連綿跌宕的陡坡，我喜歡以各種方式經驗這條無可取代的公路。每一次的接觸，都需要事先查詢天氣路況，做好行前的準備，但正是因為這條公路的風格獨特、別具個性，每一次走進它，都讓我明白──人絕對勝不了天，人必須學習如何與自然環境相處，人必須謙卑和感恩。

螺肉攤（一）

厲心的故事說完，酒桌上才喝完了兩手金牌啤酒，大夥聚精會神地想像著厲心所敘述的場景，因為那對於在場的人一點也不陌生。

　　「阿吉船長，真的是大部分的花蓮人都想要蓋蘇花高速公路嗎？」我忍不住問在場「正港的」花蓮鄉親。

　　「也不是全部都贊成啦！可是老一輩的花蓮人真的是窮怕了，大家也相信政府跟他們說的，『蓋高速公路才有發展的可能』，大家都不想要當次等公民啊，覺得花蓮生活就很落後，好像是都市人的後花園一樣，花蓮人也想要有錢啊！」阿吉船長邊說，又幫坐在身旁的厲心倒滿了酒。

　　「可是……開路就一定等於經濟發展嗎？」耘星環抱著胸，撫摸著自己尖尖的下巴。

　　「對廣大的花蓮鄉親來說，也許沒有辦法想像其他方式的發展吧。雖然說這個城市現在的統治者只是不斷地複製外來的文化，但還真的有些人吃這一套。」土匪甩了甩他的長頭髮，照慣例講完之後岔一下題：「欻小鯨，妳有空幫我把頭髮打薄嗎？夏天實在是太熱了。」

　　「跟你們講一個好笑的，我大學畢業剛來花蓮工作的時候，每次回台北，我周圍的朋友就會問我：『花蓮的小孩真的是騎山豬上學嗎』，他們從來沒來過花蓮，對這裡無法想像，講到要開過蘇花公路就好像九條命不夠死的樣子，超恐懼的耶！」曾谷善不改幽默搞笑的風格，但我相信他講的是真的。

　　「其實不難想像啊！」這幾年一直往外跑、四處去拍水下畫面的溫鑫睜著小眼睛：「我們常常活在想像中的世界，對於未知的事情總是會恐懼，或者自己嚇自己，其實接觸了之後才知道沒有這麼可怕。比方說，你們能夠想像遙遠的東加王國，這幾年開始有中國人買地進駐，你們現在去東加，可以吃到比台灣更正統的中國菜，你們可以想像嗎？」溫鑫從容不迫地聊著他的「文化衝擊」經驗，但他看起

來就是天塌下來也是處變不驚的樣子。

　「既然講到看不到的世界,那下一個換我講吧!」海廢王子曾谷善自告奮勇,
玻璃瓶都不用轉,故事就這樣開始了。

第二章

海漂物的奇幻旅程

我有時會想，如果人生中沒有遇到「黑潮」這個團體的話，我會不會變成一個跟現在完全不一樣的人？

從大學畢業後到現在，我的人生跟這個組織糾葛了十三年，而且看樣子短時間內都還是無法脫離。黑潮夥伴小鯨介紹我時總說我是「黑潮名人榜」上第一人，用各種不同身分「三進三出」這個組織，而且都跟我人生中的重大決定有關。對於這類說法我是不太以為意，這個組織給了我另外一種視野，意識到在 NGO、NPO 工作的理想性跟某部分愚公移山的偏執，但從小在「天龍國」長大的我，也還是有自己面對資本主義世界的平衡能力。正如大多數天龍國的小孩一樣，我的成長經驗裡其實沒有什麼「環境保護」這類的意識，從小對自然的體會來自於家庭假日出遊，雖然家裡做的也是煙燻消毒的農藥事業，從來不覺得跟這個世界有什麼違和感。求學時期渾渾噩噩的過了幾年，百無聊賴地讀書、考大學，念的雖然是環境工程學系，但並沒有因此產生什麼環境意識，主要的還是關注在自我追尋的實踐。

說到自我追尋，我似乎是在大學之後，才開始有了「思考」跟「自主閱讀」的能力。大學時期因為外宿的原因，脫離了家人的照顧，一個人租了個小套房獨居在外時，才意外發現自己沒辦法獨處。那段時間我總是積極地往外跑，約同學出去玩到三更半夜才回家，心完全靜不下來；當我某天突然意識到不能再這樣下去，便試著用「閱讀」來讓自己沉澱下來。我記得那時候一開始讀了「立緒」出版的《孤獨》這本書，以及朱少麟的《傷心咖啡店之歌》、米蘭昆德拉的《生命中不能承受之輕》等這類存在主義的小說，讀著讀著，突然就可以習慣獨處了。不過，我並沒有因此陷入生命存在辯證的輪迴、成為一個哲學家，反而是對於文化現象產生了滿大的興趣，一度還報考了社會學研究所。雖然非人文社會學「本科生」的我終究還是沒有考上，但卻開啟了我對於科學世界之外的人文、人本領域的興趣。我開始想要在NGO、NPO 工作，連續在幾個大組織之間碰壁，加上陰錯陽差的原因，我進入了黑潮這個組織。

我是在二〇〇三年的時候到黑潮去工作。一開始我爸媽問我去花蓮做什麼，我說我是去一個環保團體工作，這樣子他們好像就聽懂了；過了不久，他們到花蓮來找我

玩，為了展示一下我去工作之後對海洋與鯨豚的了解，就帶我的父母去賞鯨，結果他們回來之後很開心，就跟大家說，我們家谷善是去花蓮做賞鯨；又隔了一段時間，我開始在組織裡做海洋廢棄物的工作，某天電視台來做海洋垃圾專題採訪，那是我第一次上電視，很高興叫爸媽要準時收看，結果他們看完之後，別人再問他們「你兒子是做什麼工作的？」，他們就有點小聲又有點無奈地說，「我們家谷善在花蓮是去海邊撿垃圾的啦！」從小，雖然父母並沒有要求我一定要「繼承家業」，但我爸爸還是會覺得：「我把你栽培到大學畢業，你怎麼跑去撿垃圾呢？這樣子以後怎麼辦才好！」但是後來慢慢發現，在海邊撿垃圾還可以撿到上電視、撿到免費出國演講，爸媽即便不太相信「做環保團體還可以活下去」，但看著從小虎頭蛇尾、做事有衝勁沒耐性的我對海洋廢棄物情有獨鍾，一頭熱的模樣，也就不再試圖阻擋我，也許心裡還偷偷抱著扠腰看熱鬧的心情吧。

老實說，一開始接觸到海廢的時候，我也沒想過自己會持續投入那麼久。夥伴小鯨老是興致盎然地問我：「你不覺得自己的人生很衝突嗎？本來這麼一個養尊處優的農藥小開，怎麼會跑來海邊頂著烈日當空撿垃圾，還變成海廢王子？」雖然她不是第一個問我這類問題的人，但我很少認真回想這件事，或者去追溯事情的起源；不過若真要講，可能還是會從我對於「洋流」捲動聽不完的故事感到著迷開始吧。

大海湧流

我始終記得那如同幾千萬個催眠圖表在眼前同時旋轉的壯觀與暈眩感。

國中時期的自然課，講到大海洋流、潮汐的理論時，當時看起來嬌小可愛、梳著娃娃頭、卻戴著一副厚重玻璃眼鏡的自然老師，在某天上課時充滿神祕地秀出了一張「全世界洋流系統」的動態圖，並且轉過頭來以一種興奮的聲線告訴我們：「大家看！這就是地球上偉大又神祕的洋流系統！」隔著厚重的玻璃眼鏡，我彷彿看見了自然老師眼中閃爍的興奮光芒，具體她介紹了什麼墨西哥灣流、北赤道洋流，還是寒流暖流、表面流還是深層流、什麼湧升流什麼沿岸流……這些複雜的名詞，我在上完課月考完後就統統還給自然老師了，但不知道為什麼，後來那堂課自然老師秀

出來的那張「會動的」洋流系統圖，以及自然老師眼中那道興奮的光芒，始終會出現在我人生中多次的午夜夢迴裡。

也許是因為那張動態的全球洋流系統圖打開了我對於大海探索的入口，圖中大量代表著海流的深淺藍線條十分密集，各自朝著不同方向、中心，日夜順時針、逆時針地旋轉著，彷彿是梵谷畫中的曲線同時間躍動在眼前，有密集恐慌症的人恐怕會無法直視吧！誰想得到，在看起來平靜無波、無風無浪的海面下，竟然有著如此複雜、無時無刻都流動著的巨大能量，如同龐雜且精細的水下交通系統，隨著海洋的地形、風以及陽光等各種地理因素，進行著彼此交會、衝撞、爭先恐後又互相推擠的動作，因而在海面之下的世界不僅有高山也有峽谷，有急流也有沖積、在洋流底下還有洋流，熱鬧非凡；那是一個 3D 的空間概念，在水下的世界裡，人似乎可以打破沒有翅膀的限制垂直移動，而海裡面那錯綜複雜的洋流啊，就像是水中自動道路一樣，乘載著海洋生物環繞著世界各地，同時也深刻地影響著陸地上人類的聚落模式和漁業文化。

美國最偉大的自然文學作家、環保運動重要先驅，被譽為「生態環保之母」的 Rachel L. Carson 女士，在一九六〇年代出版的重要海洋著作《*The Sea Around Us*》（台灣譯作《大藍海洋》，二〇〇六）中，形容洋流為「行星之流」：

> 永恆存在的洋流可說是海洋最壯觀的景致。要研究洋流，首先必須跳脫地球的範圍，想像自己是從另一個星球來觀察地球的自轉，探索風以何種方式有時深深擾亂地球表面，有時又只是輕柔拂過，並且檢視太陽及月亮的影響，由於這些宇宙力量都與強大的海流關係密切，因此海流也稱為行星流。

這種偉大到宇宙、行星、信風這類超過眼下天際線，到外太空才有的視野，著實大大地打開了我的想像空間，去到了自然老師無法帶我抵達的高度——而在那之前，我離海洋非常、非常地遙遠。

而真正感受、體會到所謂「洋流」這個抽象的海洋現象，是直到某個來到花蓮的夏天，跟著一群黑潮夥伴到七星潭去「海泳」，真正泡在海水裡面時才感受到的──大自然的不可測與力道之強勁，那可不是在溪谷泡泡水或在游泳池裡能夠模擬得出來的。

由於台灣的十二年國教跟聯考制度，讓我們這一代人對於自然課本裡的一些科普知識還算是耳熟能詳，所以如果你問遊客：「台灣海域有一道非常重要的暖流，叫──」基本上大家都能回答出正確答案：「黑潮。」沒錯，這道溫暖的洋流從赤道由南往北，流經台灣最南端的墾丁一帶海域擦岸，順著台灣東部沿海，一路向北到日本諸島。這道洋流又稱為北赤道洋流，是全世界僅次於墨西哥灣流的第二大洋

潮界線上洋流交會呈現明顯分色。

流，年平均水溫高達攝氏 24 到 26 度、流速快至每秒一百公分，同時鹽度相較於其他洋流較高，為台灣帶來了豐富的洄游性漁業資源。因其水質清澈，陽光照射之後光線被海水吸收，懸浮物質較少，所以散射出深藍、近墨藍的水色，故被稱為「黑潮」──這是大多數人對於這道洋流的知識印象；但來到東部海域之後，我真的很好奇：到底「黑潮」長什麼樣子？從花蓮出海之後船要開多久才可以看得到呢？水色的差異跟其他的洋流真的很不一樣嗎？在網路上找資料，大家判斷黑潮流經台灣東部的路徑真的是百百種，從各種資料的紛雜狀況顯示出的訊息：我們是透過一層白紗在看「黑潮」。看似在那裡，但又不知道確切在哪裡；看起來形象生動，但真正的樣子卻始終眾說紛紜。

由於每年的解說員培訓，「黑潮」這道洋流一直都是解說的重點，但在我的經驗裡卻始終和「黑潮」又近又遠，這種「隔靴搔癢」的感覺令人不太痛快，因此我一直很想真實體驗一下在「黑潮」流域漂流，究竟是什麼樣的感覺。在一個夏天午後，我一時興起，跟著另一個黑潮夥伴小鯨，各自帶著加強浮力的「魚雷浮標」，一路從七星潭社區的佳豐定置漁場的位置下水。那天我記得，雖然是烈日當空，但水溫還是很低，蔚藍的大海在陽光下藍得很誘人；我們倆順著海浪的方向，試探著一步步往海裡走，打算往定置漁網的方向游。七星潭的卵石在海浪的捲動之下嘩啦啦地滾動著，大海的能量和力氣都比西部平坦海域感受到的要來得強烈且巨大。走沒兩步，很快地腳下已經踩不到底，乘著海的浮力，我們開始往目標游去，大海沁涼而強勁，我們的心臟跳動得越來越快，絲毫掩不住興奮，忍不住大笑、尖叫了起來。

眼看離定置魚網的目標越來越近，我奮力往前游，但海流的速度越來越強勁，一度覺得自己怎麼踢了好幾次腿、抬了好幾次頭都還在原來的位置，心裡有些著急，突然腳一陣僵痛──心中暗叫不好，抽筋了，只得抱著魚雷浮標休息一下；身體一停下擺動，強勁的海流立刻就把身體往外海帶去，眼看離岸越來越遠，心裡也開始慌了起來，該不會這就是我的死期吧？我會被海流帶到哪裡去呢？我會不會像少年 pi 一樣只能在海上漂流，直到靈魂進入龍宮裡報到啊？可是我才三十歲耶──一陣胡思亂想，但因未知而升起的恐懼並沒有減緩我被海流往外海帶的速度。這樣下去不是辦法，我開始回想各種海上保命的知識：人在海上溺死的情況有幾種可能，嗆水

缺氧而死、沒有淡水喝而渴死、失溫冷死、體力耗盡累死

……我評估了一下現在的狀況，我在浮標上所以不至於嗆水，為了要保持體力我還是盡量先不動，但失溫了怎麼辦？我沒有穿防寒衣，再久一點的話也有可能渴死；不過在那之前，另一個夥伴應該會發現我漂走了而去跟海巡大隊求救吧？就這樣一邊想一邊抱著魚雷浮標水母漂，強勁的海流把我帶到七星潭外海，離岸應該超過一百公尺了吧？如此順著海流一路往北漂了大概快一個多小時吧（根據岸上的人計算），但我卻覺得好像過了十年那麼久，我想像著各種光怪陸離的畫面，開始責備自己為什麼如此掉以輕心。雖然我沒有特殊信仰，但這次我從耶穌基督到媽祖甚至是真神阿拉都祈禱了一輪，拜託拜託眾神保佑，我還那麼年輕啊！讓我活著做個對社會有貢獻的人吧！

時間過去，身體越來越冷、越來越疲憊，海面頗為平靜，我開始覺得好想睡覺，還有點舒服……莫非，這是龍宮召喚我的預兆？我想起「浦島太郎」的故事，那是日本時代口耳相傳，浦島太郎救了一隻在海岸邊被欺負的海龜，然後海龜招待他去龍宮玩，幾天之後回到人間，瞬間變成老爺爺的故事。此刻我腳下的深海，應該已經超過八百米了，七星潭外海地形陡降，離岸一百米，水深就將近一千米的深度 ── 腳下搞不好有很多隻海龜正悠游著經過，誰來救救我啊？

不知道過了多久，陽光的角度已經從正午九十度的直射，偏移到了七十五度角的位置，光線雖然熾熱，但身體卻逐漸失溫。在過程中我試著把頭潛進水下，張望著水面之下有什麼生物經過，但深藍色的水下透過光，並沒有看到太多的魚類，倒是隨著洋流緩慢流動的過程中，遇到了潮界線上聚集的一些人為垃圾，沿途遇到了鐵鋁罐、塑膠瓶蓋、吸管、塑膠袋……它們和我一起在廣袤的海面上載浮載沉，如同一座又一座孤島，而我們之間的連結其實在陸地上更為緊密，它們都是日常生活中曾經與我擦肩而過、甚至擁有短暫親密接觸的生活物件。

我有點不甘心。在我生命即將消失的最後時間裡，我竟然要跟這些垃圾為伍，而不是大鯨或美麗的魚群，甚至連海鳥都沒來，到底是為什麼？大海不是蘊含了無窮無

盡豐美的物種嗎？黑潮流域不是應該熱鬧非凡，穿梭著一大群一大群的洄游性魚類嗎？

好吧，我知道這不是黑潮，這不過是沿岸流而已。

就在我幾乎已經放棄求生意志的時候，突然看見遠方有船隻濺起的水花，那個速度應該不是漁船，當然不可能是膠筏，又不像是賞鯨船……喔？是海巡署的救難巡防艦！「有救了！」我心中一陣興奮，用盡全力舉起了右手臂在海面上揮舞，一直到看見海巡弟兄的橘色身影，才相信自己可以平安回到陸地上了。

這就是我的「黑潮探險記——沿岸流版本」。

當然，上岸之後我被全世界的人罵了一頓，雖然心有餘悸，但不僅沒有力氣也沒有立場還嘴，是我對大海太掉以輕心了。而和我一起跳入海中的夥伴小鯨在一下水之後，感覺苗頭不對，早就「回頭是岸」了，也還好她回頭得早，在岸上看著我越飄越遠，趕緊向海巡求助，不然的話，我可能真的回不來了。然而，這個「親海」的經驗，卻也啟動了我對海洋廢棄物的關注，對於差點長眠的沿岸海域竟然一點也不美麗，圍繞在我身邊的完全不是鯨豚或大魚、海龜，而是不斷遇到的人為垃圾，讓我非常介意——也許，這是龍宮派海龜給我帶來的訊息，在那一次溺海之後，我不斷在有意無意之間看到關於海洋廢棄物如何影響海洋生物的報導，比方說一隻海龜被發現鼻孔裡插著吸管，或是寄居蟹只能背著塑膠瓶蓋當家……種種的報導對我而言都彷彿是一次又一次的提醒和暗示。如果日本時代那隻海龜受到人類的欺負是抓牠來娛樂的話，現代的海龜受到的威脅恐怕是人類造成全面性的海洋污染危機，這個危機不僅傷害了海龜，同樣也危及了其他海洋生物和鯨豚。

我對洋流的好奇，讓我因此有了第一次的海洋沿岸流初體驗，而在海上漂流數小時的經驗，則讓我看見了人為廢棄物如何在洋流系統中現形；在經過更長途的世界洋流系統中繞行之後，這些廢棄物並沒有消失，反而是碎裂分解成更微小的塑膠碎片，被海中生物吞下之後，再度透過食物鏈回到人類的餐桌上。為了更進一步了解

來自陸域的人為垃圾影響著海洋生物的存續。

漂流物如何在茫茫大海中透過洋流旅行，又是如何碎裂分解成塑膠微粒回到人們的食物中，我開始翻閱一些關於洋流的科普書籍，其中一本非常有趣的，是由天下文化在二〇一三年出版的《環繞世界的小鴨艦隊》一書，這本由研究海上漂流物的美國海洋科學家 Curtis Charles Ebbesmeyer 所寫的著作，不僅生動有趣，還透過各種知識、傳說、科學研究、親身經歷的故事，來描述世界洋流與「漂流」的故事，讓我透過這本書，瞬間把國中時期自然老師展現的那張「世界洋流圖」給活現了起來。

這本書的故事，是從 Curtis Charles Ebbesmeyer 注意到一艘在一九九〇年從韓國開往洛杉磯，名為「漢撒船運號」（Hansa Carrier）的貨輪，在途中因載運不慎而讓約八萬隻 Nike 球鞋落入海中的事件說起。落入海中的球鞋成為漂流物，在後來幾年陸續在各地的海岸邊被拾獲，引起了 Curtis Charles Ebbesmeyer 的注意。他認為，透過各地漂流物的旅行、上岸的位置跟時間，可以用來推算它們所漂流過的

海域以及洋流的流速、方向,藉此推測出世界的大洋系統如何運作;而在一九九二年,一批由美國福喜兒公司(The First Years, Inc.)製造的浴盆玩具,在中國大陸生產、然後從香港搭乘貨櫃船出航,準備經過太平洋運往美國華盛頓州塔科馬港,因船隻在北太平洋的國際換日線附近遇到暴風雨,導致十二個貨櫃被沖入大海,其中一個裝有兩萬八千八百隻供兒童用的浴盆玩具(包括有紅色的海狸、綠色的青蛙、藍色的海龜、黃色的橡皮鴨)因此傾瀉而出,變成了在海上順著洋流系統環繞世界的漂流物,在事件發生的後續十五年間,這些壽命頑強的硬塑膠玩具艦隊仍然不定時地在世界各地被發現。

「它們以一天五至八海里的速率,北行經過阿拉斯加的冰河與火山。」

就這樣,科學家 Curtis Charles Ebbesmeyer 透過研究這一批落海的黃色小鴨玩具,配合著表層洋流模擬程式的預測,以及各地海灘拾荒人共同響應的《海灘拾荒人快報》情報網,不斷更新漂流的模擬圖,因而引起了全美國「在海邊搜尋黃色小鴨」的熱潮,還持續了十多年。據說,後來在二○○七年荷蘭藝術家弗洛倫泰因・霍夫曼(Florentijn Hofman)所創作的巨型黃色小鴨,一部分靈感就來自於小鴨漂流事件後續報導。霍夫曼的巨型小鴨展覽,從二○○七年在荷蘭阿姆斯特丹展出之後,後來陸續受邀至世界各國展出,引起全球的小鴨熱風潮;二○一三年、二○一四年期間,霍夫曼的黃色小鴨也曾經在台灣的桃園、基隆兩地展出過;有點好笑的是,在花蓮的鯉魚潭在 2014 年也出現了山寨版的「紅面番鴨」,同樣吸引了大批民眾湧入觀賞,可見黃色小鴨對成人世界的風靡魅力。姑且不論紅面番鴨模仿得像不像,對於大批「小鴨迷」民眾追鴨無國界的現象,我真的是百思不得其解;而這些鴨迷們對於黃色小鴨跟漂流科學研究之間的連結,恐怕更是從來沒聽說過吧?

看得見與看不見的垃圾

當然,在提到世界洋流系統時,一定少不了提到「黑潮」這道洋流了。

在科學家 Curtis Charles Ebbesmeyer 的洋流研究裡，形容黑潮是「了不起的自然現象」，他這樣描述黑潮：「太平洋的『黑潮』（從岸上眺望時，只見地平線因這道海流呈暗色而得名），就相當於大西洋的墨西哥灣流。黑潮從台灣開始洶湧北上，大量的熱帶溫暖海水，劃一道線流經日本及阿拉斯加東南沿海，再沿著美國西北海岸南下，同時，從西伯利亞吹來的強勁海風（相當於大西洋上從北極吹到北美的強風），把太平洋沿岸的船隻和其他漂浮物推進黑潮裡。」

當我從書中讀到這一段時，覺得 Curtis Charles Ebbesmeyer 的敘述非常有趣。也許是因為地理意識中心不同的緣故，位於美國的科學家對於黑潮流域的敘述是從台灣為起點；然而對於身處台灣的我們而言，對黑潮的理解則是「從赤道由南往北，沿著菲律賓東岸向北流，黑潮主流再沿著臺灣東部北行，向北一路流經日本」。把台灣視為洋流經過的中間點；這樣的地理中心意識也許讓黑潮在菲律賓經台灣到日本的這一段洋流研究資料較少，人們對這一段黑潮的了解也慢了西方許多年。當然，對於洋流的好奇讓人們透過各種方式，試圖讓洋流系統現形。比方說書中提到一九八四年在日本銚子市，就有一群女學生透過在黑潮流域裡投下七百五十個瓶中信，去判斷黑潮洋流的走向；最後瓶子分別在北美沿岸、夏威夷群島、菲律賓及日本鄰近地區被拾獲，驗證了近代洋流研究學者提出日本文化透過黑潮這套洋流系統，在過去六千年的漂流史中對中美洲、美國加州、厄瓜多和玻利維亞所產生的影響──翻查黑潮的身世，很難想像這道溫暖、清澈、穩定的洋流，在來到台灣東岸之前與之後的際遇是何等複雜。

Curtis Charles Ebbesmeyer 透過漂流物對世界洋流的研究，帶給我很重要的靈感，原來想要讓從海面上肉眼看不見的洋流系統現形，除了帶著魚雷浮標勇敢往下跳之外，還有更安全、更科學的方法：長期研究海岸漂流物。為了更深入地了解流經台灣東部海域往北通過日本的這段黑潮，我開始透過「海灘拾荒」的海洋廢棄物記錄，試圖驗證這一段海域的洋流體質，也想從長期走海灘的過程，來調查海洋廢棄物的身世與故事。

對此，我的朋友小鯨一開始非常不以為然，她撇撇嘴說：「幹嘛這麼麻煩，海邊垃

坡這麼多，就是因為去海邊玩的人沒有公德心，隨手亂丟造成的，嚴加取締不就好了嗎？」我起初也這樣認為，覺得海邊的廢棄物應該是來自海濱活動遺留下來的人為痕跡，但後來的觀察證明海濱垃圾的來源並不如想像中的單純。一開始，我選擇花蓮北濱海岸作為固定淨灘的長期監測點；比起遊客如織的知名景點七星潭，北濱反而主要是花蓮在地人休閒活動的場所，人潮並沒有像七星潭那麼多；但是這裡的垃圾卻一點都不少，主要成分是吸管、飲料杯、鹹酥雞的袋子、竹籤之類的，還有很多拖鞋。

偶然有一次，我在清晨五點時經過位於北濱海岸旁的「南濱夜市」（現改名為太平洋公園），發現在遊客如織的夜晚過後，南濱夜市的廣場滿地都是垃圾，風一吹垃圾隨風飄舞，吹進旁邊一個大水溝，水溝再流進海裡──我這才突然領悟為什麼北濱海岸撿到的垃圾種類跟夜市很像，原來有很大一部分是來自南濱夜市。這個例子告訴我們，海邊的垃圾不只是來自於海邊的遊客亂丟的，還有很大的部分是從我們

單次淨灘所撿拾的海洋廢棄物，排列成繽紛的色彩

生活的都市裡，透過下水道的系統，在風吹雨淋之後一路流到海裡。後來我時常觀察，在熱鬧的街市上停紅綠燈時習慣性看看腳下的排水溝，發現裡面的菸蒂堆得跟小山一樣，因為很多抽菸的人習慣往水溝裡面丟，一下雨，這些菸蒂就全部隨著水溝沖到溪流，最後流到海裡。

要知道，成為專業的「海灘拾荒人」，需要具備一些特殊的條件：除了要忍受風吹日曬雨淋，還要對海邊的垃圾有旺盛的好奇心跟豐富的想像力。在我多年撿海廢的過程中，常常會撿到各種千奇百怪的人為廢棄物，舉凡小至牙刷、布偶娃娃，大至廢棄輪胎和電器，都曾經是我的「沙灘戰利品」；因此，去探究這些廢棄物「從何而來」就成了非常重要的「溯源」工作。我回想自己之所以對於海洋廢棄物如此著迷，應該是因為從小喜歡看偵探小說的習慣，透過漂流物的推理和收集證據的分析，往往可以追溯出這些漂流物的前世今生，然後試圖找出垃圾為什麼沒有好好被回收，而是透過大海的吐納之後又回到海岸線，那些消失在正常敘述中的環節。

印象中頗為深刻的一次，是在新北金山海岸上，撿到一塊十公斤重的漂流木「扛棒」。那是個彩霞滿天的傍晚，想當然，一個專業的海灘拾荒人最常晃蕩的地方就是各地的海灘咯！北海岸的傍晚夕陽正好，加上瑰麗的海蝕海階地形，讓我忍不住走下海邊，沿路撿拾海廢，突然之間看到海灘上躺著一塊深紅色的漂流木；雖然海邊有漂流木一點也不足為奇，但這塊木頭上面有人為的色漆，上面也老老實實地寫上了「ＸＸ咖啡園區」的字樣，還附上了手機號碼——這表示，這塊招牌是一個有寫明來源的「海廢」。這個資訊充足的海濱廢棄物引起了我的興趣，於是有生以來第一次扮演起偵探的角色，順著招牌上的電話號碼打去詢問，結果竟然找到了招牌的失主！

從失主又驚又喜的敘述當中，我接著推敲出這塊看起來不太起眼的「扛棒」身世：在尚未被開膛剖肚刨挖之前，他原是生長在森林裡的一株扁柏。他與同伴們一同在高冷的山區裡長大，比賽誰先追上天空的高度，他們從未見過海。他窮盡力氣想要當森林裡那棵最高的樹，誰知道某個夏天，遇到了直撲而來的颱風，大風大雨之中他被攔腰折斷，之後的際遇已經不是他所能預料的了——它隨著大量沖刷的土石泥

流一路流向了河川，幾經折騰之後，身上的皮都磨爛了，卻一路橫躺著墜落直到看見了和天空一樣的湛藍，鹹鹹的液體將他溫柔地托起，不知道漂了多久，終於停泊在一片溫柔的海灘上歇息；不久之後，他被主人合身扛起，帶到了切割身體的地方，在疼痛到無法再疼痛的切鋸之後，變成了一塊平坦扁薄的長方體。主人在他身上塗上了紅色液體，寫上白色的大字，吩咐他好好站在台九線的路邊，為客人指引方向；好幾年過去了，一度他以為他的餘生就是站在道路旁望著車子川流而過了，沒想到生命中再度經歷了一次狂風巨浪。這一次，他順著卑南溪再度流向太平洋，順著黑潮洋流一路往北漂流，經過約莫二十個日出與日落，當他再度停泊在海岸邊時，已經漂行了四百公里的距離，橫躺在台灣東北角的金山海灘，被一個有慧眼的伯樂不經意地發現了──那個伯樂就是我。

終於，他漂泊的旅程暫時告了一個段落，也因為這個難得的緣分，失主決定將這塊一生中歷盡滄桑的「漂流扛棒」託付予我，並且為他記下這一段難得的旅程。

當然，喜歡到海邊撿垃圾的人，在黑潮也不止我一個，有事沒事我要到海邊「巡邏」的時候，就會帶上幾個有興趣的夥伴，一邊撿海廢一邊分析這些廢棄物的來源故事給他們聽。當我跟小鯨提到海邊廢棄物的來源主要來自都市的排水系統時，她瞪大了雙眼：「是喔？你不說我還真的沒想過耶。除此之外呢？還有從別的地方來的垃圾嗎？」看著她從本來的不以為然到此刻的興致盎然，態度的轉變讓我突然覺得有點成就感，開始跟她分析我觀察到的垃圾來源。

　　事實上，除了主要來自都市的垃圾之外，第二個來源是來自「海上活動與船隻」。早先船隻的空間設計並不寬敞，沒有地方放置垃圾，所以船上的垃圾就習慣性地往海裡面丟，覺得海洋可以解決所有的問題。直到一九八八年，聯合國訂了一個「防止船舶污染國際公約」，禁止船隻傾倒任何塑膠和廢棄物到海裡之後，情況才稍稍得以控制。但即便如此，漁船在海上作業時，還是難免會有漁具、漁網、浮球等掉入海裡的情況。就我所知，在北海岸基隆的長潭社區，長期與海洋科技博物館合作，定期在社區旁的「潮境公園」海岸做海洋廢棄物的監測，仍然常常在海邊撿到浮球、漁網等漁業的廢棄物。擔任社區志工的太太們很多都是船長夫人，每當

撿到還堪用的浮球或漁具，她們就帶回家交給船長老公，然後順便教育他們一下：「以後在海上不要再亂丟了，我們撿得好辛苦。」通常船長夫人一句話，勝過其他人十句話，比政令宣導還有用。

還有一個例子是在台南。台南市社區大學從二〇〇四年開始就監測台南的海岸，他們發現每年的四至七月，台南安平沿海會出現非常多破碎化的保麗龍，整個海岸看起來就像北海道的雪景一樣，難以清除。這些漁業用保麗龍來自於台南近海的蚵仔養殖業，漁民習慣用竹子跟保麗龍做成浮動式的蚵架放在海上，下面吊整串整串的蚵仔；當漁民在換保麗龍或是遇到颱風來時，一不小心整組蚵架都會被打壞，失散的保麗龍就全部吹到海灘上來，造成海岸布滿保麗龍碎屑的驚人景象。

「這樣不就很難清理嗎？那該怎麼辦？」小鯨繼續追問。

「所以減少垃圾來源很重要啊！」發現問題之後，就得想辦法解決問題。也因為台南社區大學有做這樣長期的監測，反映給台南市政府，逼著台南市政府跟漁會要共同想辦法解決這樣的問題，間接也促成台南市政府變成台灣第一個禁用保麗龍飲料杯的城市。

第三個主要來源，叫作「傾倒廢棄物」，來自於一些不肖的業者。這些業者跟需要處理垃圾的廠商收取了費用，應該要再付錢去掩埋廠或焚化爐處理，可是他為了省下這些錢，而找沒有人的海邊或是產業道路任意傾倒，這屬於比較惡意的情況，當垃圾又跑回到自然的環境中，很快就會再隨著風吹雨淋流回海裡。

「正常來說，我們所製造的垃圾，都是怎麼處理的呢？以前在都市裡，其實家中垃圾被垃圾車載走之後，後續的循環系統一般人根本就不會知道吧？」小鯨好囉唆，但她不巧追問到了事件的癥結點──我們現在的確面臨一個很大的問題。依據環保署的統計，全台灣前後曾經總共有四百零三座的垃圾掩埋場，不管是已經填滿了還是正在使用中，這四百零三座裡面，有四十七座位於河岸、海岸，這種生態比較敏感的地方。以花蓮市的垃圾掩埋場為例，它就在七星潭旁的奇萊鼻峽角，整座垃

坡掩埋場已經好幾層樓高，一旦遇到颱風，不僅表層較輕的垃圾如塑膠袋、保麗龍等就隨風亂飛，直接漂到海裡面去；更麻煩的是在垃圾場靠海面的邊坡基腳，離海面不到五十公尺，颱風來時長浪一打，底下好幾年前掩埋的垃圾就不斷被淘涮出來，結果同樣被浪捲回海裡。雖然花蓮這座海邊掩埋場目前已經停止使用，改建成「環保公園」；在立委的監督之下，前後也花了八百多萬鞏固邊坡工程，但過去錯誤的政策難以追回，對海洋環境的影響仍然持續地在進行中。

當垃圾回到海裡，對海洋的影響是什麼？

如果有機會潛到水下去看，發現海中廢棄的漁網和魚線時，一定也會在那堆纏繞層疊的網具中，看見各種各樣的海洋生物屍體。我曾經看過由美國海洋保育協會所提供的照片，水下攝影師拍下一頭尾鰭纏繞漁網的鯨魚，因為無法浮出海面換氣而導致死亡；我也曾在新聞上看到廢棄流刺網纏繞在礁岩附近，即便是資深的潛水好手也因誤觸漁網，纏繞無法解開而慘遭溺斃的事件。這些尼龍做成的網具在水中呈透明色不易察覺，捕捉於無形，又被稱為「鬼網」。這些在漁船上廢棄丟入海中或因作業不慎掉入海中的尼龍鬼網，依據研究，需要六百年才會碎裂分解──也就是說，如果一張廢棄的漁網在海中需要六百年才會裂解不見的話，表示它還會在海裡面繼續捕魚六百年。沒有人統計過每天世界上有多少數量的漁具和漁網遺留在海中，更沒有人能夠統計平均每分鐘在海中有多少的海洋生物因此觸網而冤死網中，這些漁網活得比人類還要長久，它們就這樣長年漂流或擱淺在海底，如同幽靈一般神出鬼沒。

人為廢棄物對海洋造成的影響，當然不只是這樣。我在海邊撿垃圾時，偶爾也會碰到擱淺的鯨豚或死亡的海龜、海鳥。這些死亡動物經過解剖之後，多半會發現胃袋裡除了正常的食物殘渣之外，或多或少都還留有塑膠袋、塑膠碎片、瓶蓋、打火機碎片等廢棄物。在二〇〇一年利奇馬颱風過後，我們就曾經在嘉義東石海邊一隻擱淺死亡的瓶鼻海豚胃袋裡，發現了糖果、餅乾的包裝袋，以及一件沒開封過的輕便雨衣；後來陸續傳出一些研究消息，人為垃圾對海洋生物的影響，不僅僅是停留在表層水面，中研院的學者甚至在生活於數百公尺深的深海魚肚子裡面，也發現了塑

膠袋和塑膠碎片。

「那不就表示⋯⋯我們餐桌上的『現流』海魚，胃裡都可能有垃圾嗎？」小鯨整個開竅了一樣，突然意識到垃圾跟我們日常生活的關聯性，呈現出震驚的樣子。就現有的資料來看，雖然不敢說這樣的食物鏈循環就絕對是現代人患病率如此高的直接原因，但越來越多科學家透過調查研究，發現在全球海域的洋流系統裡，存在著至少五大區的垃圾渦流帶，進一步從渦流取樣的海水中發現，這些來自陸地上的塑膠垃圾經過海中漫長的漂流旅行之後不斷碎裂，最終無法完全分解消失，而只是裂解成比蜉蝣生物還小的塑膠微粒；破碎過程中所釋放出來的化學物質，有些可能是環境賀爾蒙種類的物質，對整個海洋生態或食物鏈實際上已造成了不可忽視的影響。

海廢無國界

綜觀人類的發展史，塑膠的出現距今不過是五十年左右的事，卻因其塑形容易、造價低廉，讓欣喜若狂的人類大規模地運用在各種生活物品製造上。主打「便利」、「輕巧」，開啓人們選擇使用「一次性」物品的高度依賴，日常生活中充斥著塑膠袋、外帶餐盒、免洗筷、塑膠製的飲料和瓶蓋、用完即丟的飯店盥洗用品⋯⋯當演化從石器時代來到塑膠時代，地球上的自然環境便逐步陷入了一連串不可逆的生態浩劫。

因為「懶」而選擇使用一次性便利物品的人總會說：「我們有做資源回收啊！」藉此而心安理得地繼續選用各種消耗性的生活用品，但事實上又有多少人對於回收機制有所了解？「回收再利用」這個做法真的是萬靈丹，只要依照環保署公告的垃圾分類去把垃圾投入正確的垃圾桶裡，從此就可以高枕無憂了嗎？事實上，根據報導，臺灣可以說是全世界資源回收成果傲視全球的一個國家，美國《華爾街日報》網站甚至盛讚台灣是「垃圾處理的天才」。但根據二〇一二年台灣資源回收基金管理委員會的統計，全台灣在該年度的寶特瓶回收率有 95%，看起來似乎非常高，但國人一年用掉四十五億個寶特瓶，那 5% 沒有回收到的寶特瓶說明了至少每年有兩億兩千五百萬個寶特瓶沒有被回收。這些寶特瓶並不會憑空消失，更可能的是

藏身在世界的任何一個角落，在風吹日曬雨淋之下，隨著城市的排水系統回到了海裡，然後粉碎成塑膠碎片，隨著洋流漂流到遠方的一座島嶼，成為太平洋垃圾帶裡的一部分；此外，塑膠製品的問題在於「降級回收」（Downcycling）之後，無法再成為生產的原物料，只能做降一級的東西，而這樣的回收通常只能重複一兩次，到最後這些東西還是會變成棘手的垃圾，並不如想像中可以「完全回收再利用」這般美好。

正因為人類文明發展帶來了劇烈增加的垃圾，這些垃圾一部分透過陸地的回收機制進到了掩埋廠、焚化爐，而另一部分的垃圾，則隨著洋流系統漂流聚集在人類無法想像的遙遠海域，形成了面積幾乎大於美國德州的巨大垃圾帶，如同幽靈一般持續威脅著海洋生物的存續問題。一九九七年，駕著帆船的查理斯・摩爾（Charles J. Moore），無意間發現了地處無風帶的北太平洋垃圾渦流區。摩爾在此區域航行時，注意到整整七天的航行中，都被漂流的垃圾所包圍，這樣前所未見的海洋現象令他深感不安，回程後他在媒體闡述這個發現，引起了極大的迴響，而這個意外航程的震撼教育，也成為查理斯・摩爾設立的 Algalita 基金會開啓海洋垃圾帶區位研究的重大契機。隨著該基金會長期投入的調查與成果發表，越來越多人關注起海洋垃圾的影響，其中也包括了善用廢棄物創造裝置藝術，喚醒人類環保意識的藝術家克里斯・喬登（Chris Jordan），以及透過海漂物研究洋流系統的日本科學家藤枝繁教授——他們兩位都曾經先後分別前往位於美洲大陸的太平洋上，距離舊金山五千公里、距離東京四千公里左右的「中途島」。

「中途島」位於太平洋中部，由周長二十四公里的環礁組成，陸地面積約五點二平方公里。這個小島因其位處於亞洲和北美之間太平洋航線的中途，故名中途島。在一八六七年被美國佔領後，「中途島」成為美國重要的海軍基地，以及夏威夷群島的西北屏障。也正因為它獨特的地理位置，讓這座距離文明城市都有幾千公里遠、與世無爭的小島，先是在二次世界大戰期間成為美國與日本的重要海戰據點，也因其位處太平洋環流系統的中間，成了太平洋垃圾漂流聚集的巨大垃圾帶。二〇〇八年，藝術家克里斯・喬登帶回了驚人的影像，震驚了全世界。原為野生動物天堂、每年聚集全球百分之七十以上的黑背信天翁在此棲息、產卵的中途島，現在卻成為

毒害雛鳥、遍布塑膠垃圾的地獄——在中途島上每年有五十萬隻的雛鳥被生出來，但有二十萬隻無法活著離開。因誤食人為垃圾而脫水、胃穿孔以至飢餓而死的黑背信天翁屍體遍布在中途島上，更多的是來不及長大的雛鳥。為了將這樣的影像帶回給文明世界的殺手，讓信天翁胃裡的塑膠物質得以警醒世人，攝影師克里斯‧喬登開啟了他的中途島拍攝計畫：「我們的塑膠垃圾，出現在最遙遠的海洋生物棲息地，出現在雛鳥的胃裡，這表示事態嚴重。這就好比醫生診斷出你有癌症，是天大的壞消息。假如真的在中途島，就表示醫生告訴你癌細胞在你的淋巴系統，因為只要那裡有，就表示到處都有。」

中途島的情形也吸引了日本鹿兒島大學研究海洋環流的科學家藤枝繁教授。為了了解中途島上垃圾的來源，藤枝教授到中途島收集海漂打火機，他在二〇一〇年七月的研究中收集到一千四百個樣本，其中 48% 來自日本，14.1% 來自台灣，韓國 8.1%，中國 6.8%，其他國家 1.4%，其餘 21.6% 無法分辨。這樣的研究告訴我

自船上撈起的海洋廢棄物，長滿藤壺的瓶身訴說長期漂流的身世。

們：在這位於太平洋之心的遙遠島嶼上，每年二十萬隻雛鳥死亡的離奇事件當中，全世界的每個人都是共謀的兇手！事實上，人為垃圾從來就不是區域性的問題，雖然每個國家處理垃圾的方式和政策都不盡相同，但當海水連結了各個島嶼，處理不當的垃圾漂入海中「你儂我儂再也不分開」之後，所有的惡果是全人類得共同承擔的。

為了要了解「海洋垃圾的世界觀」，我不僅在臺灣撿垃圾，還因此得到免費出國的機會，到美國夏威夷參加了 ICC（國際淨灘行動）一年一度的年會，這是一個大型的國際淨灘活動，做法是在每年九月的第三個禮拜六，全世界大家同一天去淨灘，然後把撿到的垃圾數量跟種類都記錄下來，接著把這些來自世界各個海灘的數據回傳到美國的「Ocean Conservancy」（海洋保育協會），由這個協會做統計分析，並且每年發表一份全世界海洋垃圾的觀察報告。透過這個報告，我們就可以知道自己國家的海邊垃圾有哪些、來源為何，其他的國家情況又是如何，彼此互相參考比較。除此之外，ICC 也是一個很重要的教育工作，透過淨灘活動的教育過程，讓全世界的民眾警醒海洋污染的嚴重性，並且思考垃圾來源，進一步從源頭去做管理。

「但是這樣一直撿一直撿，海邊的垃圾永遠都撿不完，撿久了只是看到越來越多的污染而已，撿到最後讓我有點無力感……」小鯨朝我吐了吐舌頭。其實她說的沒錯，也代表了很多人的心聲，撿海岸垃圾是非常末端的處理方式，「淨灘」本身並沒有辦法為事情帶來任何改變，但是從另一個層面來看，淨灘活動是社會大眾門檻最低的「海洋保育行動」落實方式，透過帶領大眾親手去撿、去分析垃圾成分、去分類統計，最後將垃圾秤重的過程，其實可以帶來成就感，也是一個帶領大眾認識海洋問題的好時機。在日本甚至把淨灘發展成一個全民參與的生活節日，大家一起在約定的日子帶著環保餐具一起到海邊淨灘之後，享受音樂、美食、與家人相聚的美好時光，這樣的態度也內化到民眾的生活裡，到海邊隨手撿垃圾幾乎是司空見慣的事，尤其在本身沒有垃圾處理系統的離島，居民們更是注重海灘隨時的清潔。反觀台灣，其實大眾對於海洋廢棄物的認識實在不夠多，也沒有培養這樣的生活習慣，仍然無意識地不斷製造塑膠垃圾，所以我們也開始串連台灣各地的環保組織，除了定期聚會，了解各地長期針對固定海域進行海洋廢棄物監測所統計的垃圾種類

與污染情況之外，也整合全台灣各地資料，統計出每年台灣海域數量最多的前五名垃圾：塑膠袋、免洗餐具、瓶蓋、玻璃飲料瓶與食品包裝袋。針對這樣的統計與數據的公布，可以作為民間組織向公部門提出施政建議時的重要依據，也可以透過追尋這些物質的前世今生，作為向民眾說明和倡議的公開資料。

「所以……？」小鯨偏著頭看我，期待在這一番義正詞嚴的激情宣言之後，我會有什麼驚人的論點。

「所以，還是要繼續撿啊！」當然啊，你有看過撿垃圾撿到可以出國比賽、撿到上電視、撿到被邀請到處演講的人嗎？人稱「海廢王子」可不是叫假的，我想我這輩子應該和「海洋廢棄物」是脫不了關係了，當然很期待有一天，我們所嚮往的大海可以是生物真正安居的家；當然啦，人類花了多少時間製造垃圾，就要花更多倍的時間消化、清理掉這些垃圾，所以說為了不再無止境的「你丟我撿」下去，從源頭開始減少一次性物品的使用量，培養良好的環境意識並且落實，才是最基本的解決之道。

雖然說，以目前世界發展的方向，人類是永遠都走不回去了。無論是討論海洋廢棄物的來源與最終，還是我所關注的「Permaculture」（樸門永續設計），我們所談論的這一類生產和循環系統，並無法被放置在現今主流社會運作的系統邏輯裡面，人類恐怕必須面對幾次巨大的天災，產生大型的傷亡、甚至是滅絕式的顛覆，才有可能重新建立一套新的生活系統。也許聽起來很悲觀，但人類若無法真正的覺悟，作為 NGO、NPO 工作者的我們，也不過是在比地殼還要薄的同溫層裡奔走而已——但即便是螳臂擋車，我們也還是要繼續去發現、去研究、去倡議。這樣的工作就有點像是……在「未來人類滅亡因應之道終極實驗室」裡工作一樣，對於終究不可避免的人類危機，唯有面對問題，才有可能改變。

螺肉攤（二）

夜色漸深，螺肉攤的來客依舊絡繹不絕，小小的店面仍是座無虛席。

一幫穿著藍色背心的解說員，圍坐在角落，有幾個面紅耳赤的似乎有些酒意了，腳下散落的酒瓶越來越多，除了深綠色的金牌啤酒之外，還有幾罐勞動階級的提神飲料：維士比。

剛講完海洋廢棄物的曾谷善意猶未盡，拿起維士比酒瓶對著一旁老當益壯的討海人清海伯碎念：「阿海伯，您們最近在海上喝很兇吼～」

「嗯，阿就暗時出海一定要塞兩罐啊，整晚都要在海上吶，唔拎那欸塞～」清海伯邊說邊喝了一口，順勢夾了一嘴炒螺肉，九層塔香氣包裹著 Q 彈緊實的螺肉，是討海人最喜歡下酒的好氣味。

花蓮溪口長期監測，發現大量岸際漁撈行為留下的深色藥酒瓶，凸顯政府垃圾回收機制有待檢討。

「最近我們在花蓮溪口撿到好多阿比的瓶子！」我想起最近才剛淨灘完，撿了上百支玻璃瓶；二〇一四年我們統計過在海邊撿到的玻璃瓶就有一千八百多枚，海邊人為垃圾量非常驚人，尤其是在花蓮溪口一帶，每次在冬季，捕撈鰻苗的漁民徹夜駐守溪口海邊，除了烤肉架之外，地上的保力達 B、維士比藥酒瓶數量也相對其他季節要多，顯示沿岸的漁業活動對於特定區域河口垃圾量的影響。

「阿海伯，那您要記得出海要把垃圾帶回來丟喔～不要丟海上，我們撿得很辛苦吶！」厲心趁機撒嬌地提醒了一下清海伯。

「哪有啦～我都馬有把垃圾帶回來，現在有規定不能往海裡丟了啦，我們都知道啦！」清海伯馬上自清，老人家什麼大風大浪沒見過，一向都非常淡定，但一講到這個話題，阿海伯神色猛地認真了起來，引得大家哈哈大笑。

「那接下來，講故事的是⋯⋯」我順勢拿起腳邊的維士比空瓶，大夥兒不約而同地看著桌上的咖啡色玻璃瓶，命運之輪再度在桌上旋轉了起來，最後緩緩轉向快睡著的溫鑫。

「欸，鑫哥，你睡著咯？到你了到你了！」我推推身旁的溫鑫，他頓了一下，挑挑眉小聲地碎念：「我沒有睡著啊，我只是眼睛比較小而已⋯⋯」說著說著，溫鑫打開了手邊的蘋果電腦，開始展示今年夏天在水下的藍色世界。

第三章
交換深海的祕密

「我以前也想過要當生態攝影師耶！」我媽某天在廚房一邊切水果，一邊不經意地說出了一句讓我好震撼的話。我看著她的背影，心裡想說：媽，您真的知道生態攝影師在幹嘛嗎？

「不過還好我那時候沒有真的去當生態攝影師，我現在才知道那有多麼辛苦！」我轉頭看了一眼老媽沒有停止切水果的背影，她聳了聳肩，彷彿讀到了我心裡的OS，腦海中隨之而來的第二個念頭是：還好我沒說出口。

知道我成長家庭背景的朋友，都會以為我現在走上這條「職業鯨豚水下攝影師」的不歸路，多少是受到我們家那對生物系的大學班對爸媽所影響，大家猜想著我對生物的喜愛應該是家學淵源，從小耳濡目染所致 —— 其實真、的、沒、有。

就和曾谷善的成長背景一樣，我小時候其實並沒有什麼特別的環保意識，對自然的認識也僅限於假日的家庭旅遊，我們都是北部的小孩，也同樣受到聯考及升學的壓力，我的高中生涯除了讀書還是讀書，到了大學念的是森林系，也是分數落點填志願選上的，但回想在大學以前，我還真的是非常乖巧溫順的好學生。一直以來大家都覺得我很溫和，其實也是某種真實吧，我的青春叛逆期來得不早，甚至有點晚，一直到念大學，我才透過系上課程分組，跟學長姐有了一起做調查「出野外」的經驗。大一森林系讀的是植物，在幾次出野外做調查的過程中，我突然好像開竅了一樣，看到了過去前所未有的世界，覺得很有趣，越來越喜歡野生動物，後來才轉到生物系，大概是因為我想接觸所有的生物，不僅是植物而已吧！我記得也就是在那幾年，我開始透過家中一台單眼電子底片機拍照、做紀錄。我其實沒有比別人早起步，那一次幾乎是我最初開始接觸相機的經驗了。

一開始，其實拍的都是陸地上的生物，那時候沒有機會啊！真的說以鯨豚作為拍攝對象，也是在來到黑潮以後的事了。過去其實沒有什麼接觸海洋的經驗，我從小甚至是聞到海風就會想嘔吐的溫室小孩，誰也想不到我現在有一半以上的時間都泡在海裡面。說到底，我跟黑潮的緣分，就在我二〇〇一年到花蓮開始，也是在那一年，開始跟著一群不按牌理出牌的黑潮人出海，為現在的這一切埋下了因緣種子。

想一想命運其實很奇妙，比方說現在回過頭去看，當初若選擇了另外一邊，也許現在的我就會是每天泡在實驗室的生物科技人員、也許有可能去當生物老師，也許繼續讀博士做研究。當初沒有特別設想自己以後會成為什麼樣的人，但走著走著也就這樣走進海裡了……其實每一條路都會通，只是我想要選一條路，是我有興趣可以讓我走得久一點、遠一點。想來想去都覺得想要拍照，用相機來分享我所看見的水下世界。

鯨之眼

身為一個鯨豚解說員，我在海上拍了六年的鯨豚照片，相機資歷也從一開始的自動底片機時代，一直到後來數位單眼、長鏡頭，不斷更新設備，也因為對於鯨豚生態的了解，可以針對不同的海豚特性，抓到牠們浮出水面來換氣的剎那，或者彼此之間互動的情況。我拍過活潑的飛旋海豚在水面之下以胸鰭相擁肚皮貼近，歡娛交配的瞬間；也拍過穩重緩慢的花紋海豚做出大型鯨的浮窺動作，將身體垂直，露出桃子狀的前額以及小小的眼睛偷看遊客的畫面；當然，身上繁星點點的熱帶斑海豚嘴上銜著的小白點，也被我一分不差地捕捉在照片裡，甚至是神祕的喙鯨、氣孔偏左、背部呈波浪狀的抹香鯨在遠方噴出的氣柱、虎背熊腰的領航鯨家族、魚雷般沉默優雅的偽虎鯨，都曾經在每一次海上的不期而遇時，被我攝入鏡頭之中。

有搭過船的人應該都知道，在海上拍動物並不容易，很多時候明明眼睛看到動物浮出水面了，按下相機時卻只拍到白花花的浪；倍數高的長鏡頭和不暈船的能力只能算是基本配備，是否遇得到動物多半靠運氣，還要了解動物的習性，抓到海豚浮出水面的剎那、每一隻海豚、每一次海豚浮出水面的光影和水氣、背鰭划過海面的浪花與波紋，甚至是海豚吻部在水面之下劃破水表所形成的泡沫水盾……海上的一切充滿了千萬種變數，呈現出不可預期的美麗，這樣的趣味性令我深深著迷——當拍攝的對象是大海中的精靈，一切就充滿了未知的驚喜感，這是不同於拍攝其他陸域動物的樂趣，後來想想這也許是我特別喜歡拍鯨豚的原因。

在水面上拍久了，其實會非常好奇這些鯨豚朋友藏在水面下的行為活動是什麼？因

為每次與鯨豚相遇，在船上的我們相對屬於較被動的一方，要看到這些鯨豚的廬山真面目，往往要一直等待、等待、再等待——而即便是等到最後，還是極有可能無法窺得全貌，因為多半的海豚為了頭頂氣孔換氣而浮出水面，在海面上只會露出三分之一的身體，如果幸運遇到少數願意空中展示的飛旋海豚或花紋海豚，拍得到牠們的氣孔、皮膚、體色花紋，甚至泛白或泛紅的肚皮，已屬非常難得，更別說要癡心妄想拍到那些神出鬼沒、古靈精怪的黑鯨類了。

想拍攝水下的心念持續了好幾年，但始終沒有勇氣、也沒有機會在遇到鯨豚時跳入海中，這樣的心情一直到二○○七年，黑潮申請到一筆拍攝東部鯨豚紀錄片的經費，我才開始明察暗訪，去詢問一些水下攝影的老前輩拍攝台灣水下鯨豚的可能。說到水下攝影的熱潮，其實也是近五十年來的事，由於水下攝影所需要的設備必須做到防水的功能，這樣的技術也是隨著塑膠應用的普及才陸續研發出來，到目前來說還算是較新奇的攝影題材。我當時其實很訝異，在問遍了台灣的水攝前輩後，發現竟然都還沒有人以水下鯨豚為拍攝主題，那時候我才暗自打定主意，想要把台灣東部海域豐富多姿的鯨豚身影，用影像記錄下來——我是到那個時候，才立定主意要成為一個「鯨豚攝影師」的，在那之前，我想過各式各樣的生物相關工作，甚至在研究所畢業之後還思考著是否接著繼續念博士學位，還好當時一位黑潮夥伴關鍵的一句話，讓我不再搖擺不定，他說：「你只要去思考，你最想做的事，需要的是學歷，還是經歷？」是啊，轉念一想，把念博士、出國深造的學費，拿來讓自己到國外去學水下拍攝的技術，不就是一種同義的投資嗎？做真正想做的事，人生才不是浪費。

當時，台灣社會對於「攝影師」這種工作的接受度還不算高，更何況是聽起來一點也不賺錢的「生態攝影師」，現在回頭想想，那時候真的滿辛苦的，因為看不到盡頭在哪裡吧，有一段時間我每天晚上睡覺前就翻來覆去，一直在想自己這樣下去到底會不會餓死，明天醒來還有錢可以吃飯嗎？一個男生到了快三十歲了還沒有固定的收入，這樣會不會被人家說閒話？過程中好多次我都想舉手投降，承認自己不切實際、在做夢，但卻又一次一次將自己拉回了這條路，不甘心沒有嘗試就喊停。

我開始上網找機會，比方說看哪裡有攝影比賽、搜尋一些有補助的計畫，比如說公部門的話就投國藝會、築夢計畫啊，企業的贊助也投了好幾次約翰走路百萬資助計畫，投件了之後就開始等，但是都沒有結果，希望一直落空。後來我爸媽就會有意無意跟我說：「溫鑫啊，我的那個機構有很多機會，也有一些人脈，你要不要去工作啊？」或者比方說，故意在我面前講他們朋友的孩子現在都已經出國深造啦……之類的。我當然明白父母的明示暗示，哪個爸媽不希望孩子擁有穩定高薪的工作？但是，我其實相信人的生命很短暫，隨時都可能有意外，也許等一下我走出門就被車撞了也不一定。

就是因為這樣，當我想著「人生多長沒有把握，做自己想做的事才不會遺憾」的信念之後，反而就不會被困住，至少我活著的每一分鐘都是在做我想要做的事。青年勵志小說《牧羊少年奇幻之旅》中有句話一直讓我覺得很受用：「當你真心想完成一件事，全世界都會來幫助你。」——它說明了天助自助者的道理。我評估台灣的水下攝影還在發展中，於是決定以鯨類為拍攝主題，跟著國外一位知名的水下攝影師飄洋過海到了東加王國，開始了我的水下攝影師養成之路。

「那為什麼會選擇去東加？為什麼是拍大型鯨？」夥伴小鯨在一次聊天中問起。我很貼心地為小鯨這個地理白癡點出了 google map，指出位在南太平洋中部的東加，它是太平洋上唯一的王國，由一百七十二個大小不等的島嶼組成，國土範圍分布於東加群島（Tonga tupu）、哈亞派群島（Haapai）和巴巴烏群島（Vavau）三部分。而我和東加大翅鯨的初體驗就是在巴巴烏群島地區。事實上，東加群島位於大翅鯨每年七至十一月繁殖季節會洄游的緯度帶上，同時間不僅是在東加王國，在相同緯度的澳洲東岸也是大翅鯨出沒的地區，因此發展出不同形式的賞鯨活動。會挑選從東加王國下水，一來是因為這裡的賞鯨是以「共游」的形式發展，有一套完整的賞鯨規範，包含船長與導潛人員的訓練、船隻或遊客接觸動物的方式與速度、賞鯨船接觸動物的季節……等各個面向的規範，不會因為人為的干擾而影響到野生動物的狀態；同時，也因為從過去捕鯨到今日賞鯨的歷史發展，讓東加王國的居民因此與大翅鯨有著相當深遠的淵源、情感與默契，賞鯨業的興起為島上帶來年輕人返鄉工作的機會，這些每一季都帶領遊客下水的當地導潛人員，和這些每年固定洄

游的大翅鯨甚至有了自己的故事和回憶。由於大翅鯨尾鰭特殊的花紋和缺刻，成為科學研究者辨識個體的依據，就好像每個人的指紋不一樣，大翅鯨的鯨尾紋路也大異其趣，找不到一模一樣的兩隻鯨尾巴，若長時間在水下與這些大翅鯨互動，更可以透過牠們身上的帶斑、疣粒進一步做辨識。有經驗的東加人在下水時，甚至會以身體的動作與大翅鯨互傳訊息，或者認出哪一隻鯨是去年曾經相遇過的、哪一隻鯨上一季帶了小寶寶回來了，如同海中每年相聚的老朋友一樣。

去東加拍水下攝影的經驗讓我學到了許多，包括看到水下拍攝的方法——除了運氣和器材之外，還需要體力。由於鯨豚的游速非常快，當船隻靠近之後，我們帶著照相機「滑」下船，如同水餃一樣掉到深藍色不見底的水域裡；下水之後，便如同在百米賽跑的跑道上聽到槍鳴一樣，第一件事就是快速踢動蛙鞋，朝大翅鯨出現的方向追去，通常真的就是「望其項背」，常常都是在水裡喘得要命但還是被大翅鯨的尾鰭遠遠地甩在後面。「難怪每年你從夏天回來都會變瘦！」小鯨打趣地說，但對於審美偏「大隻才是美」的東加王國而言，我每年變瘦反而變成他們取笑和消遣我、甚至擔心我的話題。

在東加「追鯨」的經驗，讓我對於下水拍攝鯨豚的方式、如何控制與動物之間的距離……等技巧有了初步的概念，七至十一月份在東加海域迴游的多是處於繁殖期的大翅鯨，所以常遇到「母子對」的鯨群。鯨豚是哺乳類動物，與人類一樣都是胎生，而且在小孩出生之後會有幾年的哺育期，為了要喝奶，幼鯨在獨立之前，都會跟在媽媽旁邊，由母親教導幼鯨群體的生活習慣與技能，所以我在水下幸運地拍到了許多母鯨與幼鯨的畫面。當遇到「母子對」時，幼鯨有時會對我們感到好奇，甚至主動靠近或跟隨著我們，聽起來非常可愛，但是當護衛心起的母鯨直衝過來時，情況就會變得有點麻煩，因為誰都不想被大翅鯨的長胸鰭揮到——牠可是有五十噸重耶！

俗話說，一山還有一山高。本來以為大翅鯨的游速已經很快了，但當我在隔一年自行前往斯里蘭卡拍攝藍鯨時，才知道當藍鯨從眼前經過時，你還來不及反應，牠就已經無影無蹤了，就像眼前駛過一節火車車廂一樣；相較於繁殖季節帶著幼鯨悠遊

每年七至九月是大翅鯨的繁殖期，東加王國常見母子對共遊。

學習的母鯨，斯里蘭卡海域藍鯨的密集與快速，如同站在十字路口看著熙來攘往的大巴士，你絕對不會想要在路口被任何一台無視於你的大巴士給撞飛。拍攝藍鯨跟大翅鯨的經驗真的有很大的不同，藍鯨是地球上體型最大的生物，當你在水下看到牠的全身，當下真的只有頭皮發麻到雞皮疙瘩掉一地的感動，那是對於直面海中巨美的怔忡、是身為陸域動物的人類竟然可以如此靠近深海大鯨的震撼、是對造物者的崇拜、是身為自以為是的人類，對萬物自然卻如此輕慢的懊悔——難以想像，如此修長而溫和的巨鯨，環遊無邊海域的萬里行者，竟然曾經是人們大肆獵殺的對象；根據統計，一九三〇年至一九三一年間，單單在南極海域就有兩萬九千四百隻藍鯨被捕殺，到一九六〇年代國際捕鯨委員會開始禁止獵捕藍鯨時，已經有超過三十八萬隻藍鯨被殺，以至於目前藍鯨仍然名列「世界自然保護聯盟瀕危物種紅色名錄」之中。

在來到斯里蘭卡之前，我曾經分別在美國紐約自然史博物館和英國倫敦自然史博物館裡，見識到全世界首件藍鯨骨骼模型標本。抱歉，對於學生物的人來說，看到動

斯里蘭卡水下拍攝到的藍鯨，是世界上最大的生物。

物骨骼標本都會有一點興奮⋯⋯我當時就站在藍鯨的骨骼之下，感受到自己的渺小，還以為那將是我這輩子與藍鯨最靠近的距離；沒想到後來的人生裡，竟然有機會到水面底下遇見活生生的藍鯨，可以擁有這樣與心中的夢幻物種近距離面對面接觸的機會，真的不是當初我在博物館時想像得到的。

其實不論是在東加或是斯里蘭卡下水，雖然機率很高，但也都不保證百分之百能遇見鯨豚——就像我們在花蓮賞鯨一樣，盡量以不打擾動物的方式，嘗試與心中的壯美接觸，當然野生動物的反應是你無法預期的，牠可能一感受到人類就立即下潛，擺尾離開；也有可能對你產生興趣，主動靠近想和你近距離接觸，更多的可能也許是不相理會，畢竟在牠們的眼中，人類相對來說是渺小的存在，在海域裡和平共處，井水不犯河水。所以，要想在水下看見牠們，甚至拍到牠們，需要極大的運氣、體力、對動物的認識，以及足夠精密的攝影儀器——即便如此，當在水下遇到游速飛快的藍鯨，多半情況下，水下攝影師能拍到朦朧的部分身影，已屬難得。然而，讓我印象最深刻、最難以忘懷的，還是前幾年在水下，與藍鯨的一段相遇。

大翅鯨的眼睛。

那一年在斯里蘭卡，連續幾天下水拍攝的狀況都不是太好，不是水色太濁就是藍鯨游得超快完全追不上，能下水猛踢蛙鞋勉強追上藍鯨背影，抓拍幾張模糊身影，當天就可以準備收工了，沒想到卻被我遇見一頭年輕的藍鯨。如同其他路過的藍鯨，這頭鯨也是頭也不回地從我眼前飛掠而過，而我也照慣例一下水就猛踢蛙鞋，二話不說地往前追；然而，這頭鯨彷彿有一些不同，牠似乎感受到我在身後的猛烈追求，微微慢下速度讓我緩緩靠近。第一次，我感覺到生命與水下的這頭巨鯨產生了連結，橫亙在我們之間的只有深藍色的水體，如同海洋母親的臍帶，將源於陸地的我們串聯了起來。牠優雅地浮出水面換氣，接著又繼續往水下潛去，我跟著牠浮出水面的節奏，也跟著換了一口較長的氣，準備隨著牠往幽藍的深海潛去；五米、十米、十五米，跟著藍鯨的身影，我們彷彿極有默契的雙人舞伴，無須言說就能夠預知彼此的行動，一直到過了十五米的水深，藍鯨竟然停了下來，我看見了牠的眼睛，似乎在與我對望。

我不知道牠是否真的意有所指，鯨的眼睛很深，透過那樣的眼睛望進去，彷彿可以

探見從極光下逶邐而過的靈魂。當牠望向我，我的心臟劇烈震動到快要停止一樣，海面下非常寧靜，那一刻我想著牠是否能夠透過水體感受到我的體溫，以及防寒衣底下胸膛心跳的震動——然而，牠只是這麼停了一下，彷彿在與我道別，再往下是不透光的無盡海域，那樣的黑暗只能由牠隻身獨行。瞬間我意會到牠在我們之間畫了一條線，溫柔且禮貌地擺了擺尾鰭，頭也不回地朝牠原來的方向行去；而我畢竟是生活在陸地上的人類，合該往水面浮光的方向緩升，換一口賴以維生的新鮮空氣。

其實在那之前，我以為鯨的眼睛是很空洞的。

不像臉部肌肉發達的人類，鯨豚全身覆蓋厚重的皮脂，摸起來彷彿橡膠，與巨大身體不成比例的眼睛，看不出喜怒哀樂的眼神。在過往我以為鯨的眼睛看不出情感，當視線在水中交會時，如同彼此在確認，對下一個動作的預測，牠有可能轉身就走，也可能願意信任、趨近你。一開始我不懂得如何抓與鯨之間互動的距離，靠得太近擔心被胸鰭揮到、離得太遠又拍不到好畫面，而海中的相會每一次都是一期一會，沒有抓住那個最佳距離的剎那，就會懊悔終生。這種進退失據的心情總在下水拍攝時困擾著我，直到東加的在地導潛說，要相信你的被攝者，要「believe the whale」，牠會控制你們之間最舒服的距離——這樣的心情，直到我望進大鯨的眼中之後，突然間就領會了。

水面下的歌唱：52 赫茲

聽過「52 赫茲」的故事嗎？

好幾年前，網路上流傳著一則令人十分在意的報導，提到美國海軍的聲納系統自一九八九年起，在北太平洋海域錄製到一道頻率接近 52 赫茲的聲波，並且持續追蹤了這股聲波十二年以上。據說，這道聲波高出於一般鯨類的聲頻，科學家推測可能是混種的大型鯨類，卻始終沒有看見過牠的廬山真面目。透過長期的追蹤，研究者可以確切地知道聲音的主人每天平均旅行四十七公里，卻無法知道牠旅行的目

的：在北太平洋裡，牠的行蹤沒有定向，但牠似乎從不留戀某處，也不長期駐足。

這則消息一被報導出來之後，如同平靜的湖面投下一顆石頭引起漣漪一樣，掀起了廣大的回響與討論，持續好幾年在世界各地瘋傳，也勾引起陸地上人們對於「寂寞鯨魚」的各種想像與追尋。為什麼寂寞呢？據說在光線無法照進的深海裡，動物們傳遞訊息的方式以「聽覺」取代了「視覺」，許多深海動物透過各自的聲音頻道互相溝通、傳遞訊息，而這些聲波頻率就如同專屬電台頻道一樣，在各異的調頻之間，連接各自的溝通世界，而不同物種發出與接收的頻率都不同，比方說，人類的聽覺範圍介於 20 至 20000 赫茲之間，所以聽不到發聲頻率為 15 至 20 赫茲的藍鯨，但卻可能有機會聽到基本頻率為 16 至 40 赫茲的長鬚鯨聲波。當然，透過聲音的長短、節奏等組合的差異性，每個物種之間也有不同的傳遞訊息默契，牠們在廣袤的大海裡發出長短不一的鳴聲，彷彿一組一組的摩斯密碼——然而，鯨類的聲音只對同類之間的溝通產生意義，當一頭聲頻與其他同類相異的鯨，不斷地在深海中以自己的頻道歌唱，但卻不被其他的同類所呼應或聆聽時，牠恐怕難以透過聲音與群體互動。

正是因為如此，人們對於這個擁有 52 赫茲聲頻的神祕鯨類充滿了好奇與投射，封牠為「世界上最寂寞的鯨魚」，並且從這則獨特的報導中延伸出各種類型的創作，探索人際關係中的疏離與孤寂。我最喜歡的歌手陳綺貞就曾經以「52 赫茲」為題，呼應了這則報導，創作出動人心弦的寂寞樂曲；而對於這頭「世界上最寂寞的鯨」的廬山真面目，更有許多科學家、明星聲稱「寂寞的鯨魚需要朋友」，迫不及待地招兵買馬，要組團到海上一探究竟。

一頭頻率不同的鯨，牠內心真的是孤獨的嗎？我好像無法回答，因為這樣就陷入了「子非魚，焉知魚之樂？」的陷阱裡了。但「人類的多情是否會成為牠的干擾？」卻是我們可以思考的部分。我曾經拍過媽媽帶著孩子的大翅鯨，也拍過隻身遠行過大半個地球的藍鯨、在台灣東部海域出海時，也遇見過獨行的喙鯨；老實說，人類對於鯨類的認識真的很淺薄，甚至不比外星人來得多，所以如何判斷「常態」還是「變態」，真的還沒有足夠的研究數字可以說明。我只知道，每個生命生而自由，並

且各自有其姿態，我們對於牠們的追索與探詢，不過是為了追趕我們對世界巨大的無知與好奇——不過，人類世界之所以日新月異地前進，的確是出於想像力與好奇心。

「鑫哥，你好不浪漫啊～」有一次我們談起 52 赫茲的寂寞鯨魚，夥伴小鯨對我的科學腦袋撇了撇嘴，「太務實寫不了小說！」有著文青魂的她下結論。「所以我是鯨豚攝影師啊。」我承認對這個世界一向沒有太多的想像力，無法憑空杜撰；我的創造建立在實際的經驗之上，如同在一塊打好的地基上一塊塊疊上我的金字塔。但對我而言，黑潮這個團體裡的趣味，就在於它容納了來自各種生活與知識背景的個體，如同大海一樣包容，收留了每一個渴望海洋的靈魂。也因此，在這個團體裡我們對於同一件事卻可以有非常多種的表達方式，同樣是「52 赫茲」的訊息，有些人以科學角度解讀，但有些人卻可以用文字創作或美的形式來重新詮釋，引伸含義。

去年夏天，一對跳現代舞的雙胞胎姊妹在水璉的海濱，演繹了「52 赫茲」舞作，那是我看過最動人的表演。雙胞胎姊妹曾是黑潮的參與者，雖然她們本科系都不是舞蹈，但卻從小就學舞。她們在某一年離開了台灣，到美國紐約進修現代舞，又在某個清晨在雜誌上讀到這則「孤獨的鯨——52 赫茲」的消息，讓她們想念起海洋，於是以這則報導為發想，編了一齣孤獨的舞劇，在紐約的舞台上搬演。回台灣之後，她們決定在東海岸重演這齣舞劇，但這次地點選在自然的舞台：沙灘——沒有絢麗的燈光，卻有無可預期的天光與雲彩，沒有人造鋼架的舞台，而是透過與地景藝術家的合作，在半濕的沙灘上耙出一圈圈的沙畫，然後一路從河流溪口跳到河海交界，棉麻布製的衣裙沾染著海風、細沙，以及鹹膩的海水，舞者們不加修飾的面容與海相望，天地是最美的場景，大海是無法複製的布幕，而舞在浪花之間的自在則呼喚著鯨的靈魂。在舞作中，52 赫茲的鯨並無所謂的孤獨，而是隨意穿梭在群體之間卻不受集體意識拘束的個體，充滿了自由的安然與瀟灑——事實上，我可能更喜歡這樣的理解和詮釋。

水面下的聲音不比陸地要少，其實。

由 INTW 舞團創作的現代舞《52 赫茲》，在花蓮牛山海岸進行露天演出。

只是有些聲音，人類聽不見 —— 比方說，生活在洞穴裡的槍蝦跟石首魚，鳴唱聲像是夏季此起彼落的蛙鳴；而各種鯨豚的聲音則如同各種不同樂器發出的質地，此起彼落地相互呼應。為了想要了解各種鯨豚不同叫聲所代表的涵意，我們曾經透過水下收音器材，在遇到鯨豚時將船隻引擎關掉，錄製牠們在水下的叫聲。透過水下麥克風，我們聽見船邊那群瘋狂躍出海面，以身體為縱軸做中心旋轉的飛旋海豚，牠們快速地衝刺出水面，發出高頻的聲音，迅速而急促地交談著；閒適緩慢的花紋海豚，聽起來則像是繫在船舷邊的繩索，因潮汐起降而摩擦出的嘎噪聲；狂野靈動的野生瓶鼻海豚聲音，聽起來像是小孩子抽噎的鼻泣聲、或是用科技海綿在乾淨的窗玻璃上擦拭發出的乾燥聲；魚雷般優雅冷靜的偽虎鯨聲音則出乎我意料的高頻，像是人類呼喚遠方的口哨聲，尖細卻不刺耳，頗有水晶音樂的療癒感；憨直雄壯的抹香鯨在海上如一根根的漂流浮木，發出喀噠喀噠的聲音，如同燃燒中的厚重柴薪；而解說員心中的夢幻物種，在海上一期一會的虎鯨，聲音則像是深夜裡肚子突然響起的腹鳴聲，氣體在擠壓纏繞的腸子之間滑動的嘰咕聲，乍聽之下會令人忍不住噗

嗤一笑的可愛——這些水下的聲音複雜無比，聲音形式則夾雜著喀噠聲、哨音，以及可用作回聲定位的「脈衝聲」。

在人類有限的科學研究裡發現，鯨豚的聲音形式代表著各種不同的訊息。譬如齒鯨在群體中為了要「自我介紹」、標示自己是誰，發展出個體獨有的「簽名哨叫」，以在深海中和夥伴互相辨識；而鬚鯨類可以發出音頻較低的聲音，雄性大翅鯨甚至會「唱情歌」，發出有節奏且具連續性的「鯨歌」來求偶。多年以來，人類對於鯨豚聲音所代表的涵意充滿了好奇，若以蘋果比喻這個領域，人類能夠理解的程度大概比蘋果的皮還要薄，需要透過長時間在水下的調查與錄製，透過聲學和動物行為學的交互理解加以推測、判斷，的確充滿了挑戰。然而可以確定的是，因為物種間的語言意義只發生於有同類存在的空間裡，尤其對於社群結構較強、經常集體出現的齒鯨類而言，彼此之間透過音頻來溝通交流，是非常重要的社交或文化傳承模式。

相較於野外鯨豚之間透過不同的聲頻進行交流、傳達訊息的豐富及多樣性，受人工圈養的鯨豚被人類從野外捕捉、挑選，然後困養在侷促的水族館裡，每天都必須承受維生系統以及水質過濾系統在水下發出的低頻噪音影響，長久以來牠們的聽力多少都受到影響，變得遲鈍而麻痺；而一些在野外不可或缺、但在人工環境中則不具意義的功能和構造，則會隨著圈養日久而逐漸退化。例如在海裡相當重要的「回聲定位系統」，是齒鯨透過聲波的拋接來測量水下地景或和他者之間距離的重要探測功能，在光禿禿空無一物的水池裡則不具意義。單調、重複、侷促的圈養環境並不需要探測，圓形而空蕩的池子讓聲音如同鏡面一般重複回射，動物在無止境的重複之中受困，那樣絕望的寂寞日漸侵蝕著鯨豚高度靈敏的身心——我認為，那樣的孤獨，才是世界上最大的孤獨。

商業圈養與心之豢養

「什麼叫『豢養』呢？」小王子問。
「這是已經早就被人遺忘了的事情，」狐狸說，「它的意思就是『建立聯繫』。」

「建立聯繫？」

「一點不錯，」狐狸說。「對我來說，你還只是一個小男孩，就像其他千萬
個小男孩一樣。我不需要你。你也同樣用不著我。對你來說，我也不過是
一隻狐狸，和其他千萬隻狐狸一樣。但是，如果你豢養了我，我們就互相
不可缺少了。對我來說，你就是世界上唯一的了；我對你來說，也是世界
上唯一的了。」

—— 《小王子》XXI，安東尼·德·聖-修伯里

據說每個成人的心裡，都裝著一本《小王子》。

雖然小鯨說我一點也不浪漫，但是同為黑潮的一分子，我的血液裡多少有著和這
個群體相呼應的一些浪漫和童心。在整本看起來怎麼都不合邏輯的《小王子》
裡面，我最能理解和認同的篇章，無疑是第二十一章中，聖-修伯里藉由狐狸和
小王子之間的對話，所要牽引出來的主題：人與萬物之間相互存在的「豢養」
關係。「apprivoiser」（法文，英譯為「tame」），在許多中譯版本中出現過「馴
服」、「豢養」、「馴養」等詞，最貼近文義的辭彙是：「豢養」，溫柔而貼切地呈現了
「apprivoiser」一詞中所指涉的「建立聯繫」。在一望無際的麥田草原中，小王子與
狐狸之間的豢養關係，建立了彼此之間的意義，因此完成了『聯繫』。對於六年來
持續在太平洋上出海拍攝鯨豚的我而言，曾經透過背鰭的拍攝與比對，發現每一年
都會洄游到花蓮海域的花紋海豚 —— 當每次在茫茫大海中偶然與那頭背鰭上刻著神
似簡體字「來」的花紋海豚相遇，都讓船上的黑潮夥伴們狂喜和感動不已，就像是
無需透過言語的約定和默契一樣，一隻名為「來」的花紋海豚，同樣豢養了在海上
的我們；而我無法忘記在斯里蘭卡與那頭藍鯨的相遇、無法自抑地在每年大翅鯨繁
殖的季節飛到東加，潛入深藍之中與牠們相見，同樣也驗證了被「豢養」的心情。

豢養是一種溫柔的互屬，是一種情感的聯繫。事實上，當我們試著和他者建立聯
繫，另一面亦是對自我伸出了手，讓內在的渴望現形，與自己確立關係。對應在人
類之間的感情上，不論是友情、親情或是愛情，都是在建立一種默契和關係；對應

在人與自然界生物的關係，更是一種超乎物種的珍貴連結——哪怕這種關聯只建立於自己與自己的期待之間，在為另一個生命寄予祝福的同時，便已經完成了「聯繫」。

也許正因為在海裡面看過大鯨悠遊的遼闊與自由，也感受過自己與野生動物之間相遇時所建立的「豢養」關係，所以每當看到海洋公園中以「教育」、「保育」這類謊言包裝、合理化商業行為，肆無忌憚地透過野外捕捉、監禁動物、訓練動物表演來娛樂觀眾大肆牟利的圈養行為，都讓我感到非常悲傷。那些來自不同海域、不同族群的海豚，被人類捕殺、圈養在有限範圍的水池裡，無法突破那層厚重的玻璃，更別想要任意徜徉遨遊，只能在水池邊無意識地重複繞圈、拍打玻璃，甚至出現互相啃咬、嘔吐食物等身心異常的「刻板行為」。其實這些被囚禁的鯨豚在高壓的環境下生活，普遍都有腸胃和消化系統的疾病，無可躲避的狹窄空間讓牠們進退維谷，生活無聊，身心卻高度緊迫——過去曾記錄過多種自殘行為，不僅如此，從一九六七年以來，就有一百六十三起動物攻擊訓練師的紀錄和四起致死事件，實際上的數字更遠大於此。而這些「檯面下」的危機在過去並沒有被重視，直到二〇一〇年一部名為「Black Fish」的電影，揭露在美國佛羅里達海洋世界一名經驗豐富的資深訓練師被她所熟悉的虎鯨「提利康」攻擊致死的真實案例，這些圈養動物從未被關注的身心狀態以及訓練師工作的高度危險性等問題，才逐漸暴露出來——人們怎麼會想到，這些海豚看似面露微笑，彷彿生來快樂的外型，背後反而有著受盡人工圈養及表演訓練壓迫和折磨的真實血淚。

說起來，人類圈養及利用野生動物的歷史可追溯到西元前一九四〇年的古埃及時代。當時野生動物的收集多半被視為一種「財富」與「權力」的象徵；到羅馬時代，動物只能算是如石頭或植物一樣，屬於人類所統御的萬物之一。十三世紀，第一頭大象聲勢浩大地被引進英國，野生動物之於人類社會，仍然是私人蒐藏，或是被國家與政府逕自贈送的存在；一直到約莫十九世紀時，才慢慢形成我們目前所認知的「動物園」形象，變成一般大眾能夠參觀的機構。由此可知，動物園存在於歷史已經超過兩百年，除了娛樂功能之外，保育、教育以及研究的功能是

動物園最常拿來當作自身存在的合理化理由。然而，先不談動物園是不是真的能夠實質上在教育方面有幫助，目前動物園界面臨最大的挑戰，仍然是圈養動物的福利普遍低落，及仍需要不斷從野外捕捉動物來維持展示品質的保育矛盾。當動物園普遍存在於人類的生活中，隨之而起的商業展演機構以馬戲團式的動物表演售票吸引遊客，這些圈養動物的痛苦常態式地存在於人類世界的娛樂行為選項之中。就在獵奇觀看的文化默許下，物種歧視根植人心，在動物表演看似歡樂的娛樂行為背後，是大多數人無法想像的野外捕捉、血腥殺戮過程。

而人類與動物之間的利用關係，一直到彼得‧辛格（Peter Singer）在一九七五年寫下《動物解放》（*Animal Liberation*）之後，才逐漸獲得一些改變。這本書可以說是當代動物權運動的起點，書中提出「物種歧視」的概念，描述人 如何殘忍地對待畜養及實驗動物，提出 動物解放 學（an animal liberation ethic）的論述，並引發了後續各界對於動物權益、生命福利等相關討論熱潮。圈養動物中，以海洋哺乳類動物的明星物種：鯨豚為例，早在一八六〇年代開始，馬戲團就曾經將白鯨捕捉到水箱裡，運到美國紐約去展示，當然白鯨很快就死亡了；一九六〇年代起，經濟富裕的國家開始有水族館業者圈養鯨豚，用來展示並訓練表演，而所有池子裡的鯨豚，都是從野外的族群捕獲而來的。

許多報導指出，鯨豚具有高度發展的腦，比人類還緻密的大腦皮質皺褶，處理聲音訊息和三度空間的能力都優於陸地上的動物，經常被比喻為海中的精靈與智者。而在歷史中，也曾記錄許多鯨豚助人、救人的傳說與事蹟：從台南四草

的大眾廟、越南沿海多處鯨魚廟，到愛斯基摩人的文化中，鯨豚都被奉為神

靈；從 2010 年開始，英美動物權人士主張鯨豚在法律上應享有和人同等地位，印度更視鯨豚為「非人類的個體」（a non-human person）；當然，萬物平等，並不是因為鯨豚特別聰明或可愛而值得人類另眼相待，而是從這些例子中，我們可以檢視從過去到現在，長久以來人與動物之間關係的轉變——也許是因為當人類離自然母親越來越遠，越加妄自尊大，也就對宇宙萬物失去了感恩與敬意。

雖然煎熬，但有時候我會去「探望」這些被囚禁的海豚。

我以攝影師的敏銳，觀察著每個遊客觀看動物表演的神情，有些人心不在焉地玩弄著手機，有些人意興闌珊有一搭沒一搭地抬眼看，當然也有些人為了海豚跳得高而興奮拍手大叫，還有些人只在其他人尖叫的時候有反應。表演結束後，幾乎沒有人再多逗留、多看看這些海豚，然後在下個表演開始前就馬上忘記那些剛剛看完的海豚的種類名稱了。有時候我會想，人究竟有多麼自大，竟誤以為自己是造物的主宰者，傲慢到以為自己可以在陸地上複製一座海洋。

到水族館時，我通常坐在池子前很長的一段時間，看著這些來自外地的鯨豚朋友孤獨地繞著池壁，一圈、兩圈、三圈、一百圈地繞，幾乎沒有停過。如果非要到水族館去，我也會鼓勵身邊的朋友這樣做，因為唯有長時間觀察動物的動作，並且仔細地記錄下來，才有辦法推測出動物的身心狀態，或對於持有動物的園方給予建議和忠告——儘管如此，身為攝影師的我卻極少以這些被圈養的鯨豚為拍攝主題，也許是因為曾在水下見過鯨的眼睛，無法忘卻那自由不羈的偉大靈魂，而不忍看見那些

大海裡的美麗精靈，卻因商業娛樂被捕捉表演，失去生命的尊嚴與自由。

被圈養的海豚，那種生命被侷限、自由被剝奪、家破豚亡、終生無法再回到大海家園的空洞眼神，令我不忍直視。

事實上，不僅是保育界，近年來一些攝影師的作品有意識地選擇拍攝圈養動物，展現了藝術文化中的環境與生命關懷。如德國攝影師 Daniel Zakharov 在二〇一三年就曾以「現代荒野」（Modern Wilderness）為題拍攝一系列動物園作品，呈現動物被監禁於混凝土、瓷磚、水泥板建築和人工景觀環境中的荒謬性，牠們早已失去了祖先和繁殖地的記憶。另一位加拿大攝影師 Gaston Lacombe 走訪全球五大洲及九個不同國家，拍攝多個動物園的情況，在他的作品《Captive》中指出，即使是最出色的動物園亦無法照顧到動物福利，過於狹窄的空間、極度簡陋的設施，對動物來說幾乎是酷刑虐待。此外，丹麥建築工作室 Bjarke Ingels Group 亦針對丹麥的 Givskud 動物園改造計畫，發表了一個名為「Zootopia」的顛覆傳統動物園藍圖：園中被限制行動的不是動物，而是人類。

對於台灣在未來的動物保護道路，我覺得是可以期待的，因為看見有越來越多不同領域的創作者，以自己的專長為野生動物保育、環境與生命教育等議題提出反思和批判。當然，我也聽過有人說：「人的問題都解決不完了，哪有時間去管動物的問題？」其實若是從動物的角度來看，關心園內少數的圈養動物是小事，實際上更為嚴重的問題是——每年成千上萬湧入海洋公園看動物表演的人群，有數不清的家庭、學校帶著孩子們在看台上圍坐著，一邊對被人們訓練乞食、表演、娛樂的動物們哈哈大笑。這是多麼荒謬的「教育」？大家不知道有沒有思考過，觀看動物表演需要付出多少代價？一張門票，買的是動物的自由，買的是廉價的娛樂效果，還是孩子對痛苦麻木的心？而這真的是我們想要帶給下一代的生命價值嗎？

這兩年有了孩子以後，現在的我開始會思考要給小朋友什麼樣的教育。台灣長久的海禁政策讓我們畏懼海洋，而偏差的價值觀讓我們輕忽了錯誤的生命教育對下一代造成的巨大影響。當去看「動物表演」成為家長在假日帶孩子共同參與的休閒，當動物園成為學校戶外教學的安全選項時，我們該如何向敏感的孩子們解釋生命真正的自由？當孩子們無感地對動物丟擲食物、訕笑時，又該如何向他們傳達萬物平

等，應予尊重、謙卑的生命價值？那些粗糙虛假的造景、對動物冷酷殘忍的對待，不知不覺地影響了孩子們看待世界的角度——人類文化與教育的視野，取決於我們對待生命、對待他者的根本態度。

解放動物，其實是解放人類。

人造圈養的水池無法模擬廣袤大海的千萬分之一。

「你們明年要不要跟我一起去東加？」我問小鯨。她興奮的眼睛裡燃燒著文青魂的
熱情。連續在東加拍了好幾年大翅鯨，我一直很希望黑潮的夥伴可以把心一橫買個
機票跟我一起去東加王國，我想帶著他們一起去看海面以下「整隻的鯨豚」。除了
小鯨之外，我也想要帶上厲心，我沒有看過比她對鯨豚的情感更溫柔感性的人了，
我幾乎可以想像厲心在東加下水的樣子，她清澈的眼睛和乾淨的心一定能碰觸到大
鯨的靈魂深處，然後再用文字把這一切感動帶回來給陸地上的人們。經過幾年在國
外拍攝的經驗和技術逐漸磨練純熟，我希望開始能夠回到台灣的水下來拍，這對於
長年在海上做觀察的黑潮來說，可以在自己熟悉的海域拍到水下畫面的意義完全不
同。雖然因為產業型態、流水地形狀況和鯨豚種類不同的關係，在台灣海域拍攝水
下鯨豚的困難度更高，但這卻是我接下來想要在自己的夢想金字塔上努力疊砌的另
一塊磚。去年很幸運地，我們拍到了台灣第一筆水下抹香鯨的影像紀錄，接著在今
年，我又拍到移動速度極快的飛旋海豚的水下畫面──現在我依然相信那句話：
「只要你真心想要完成一件事，全世界都會來幫助你」，而另一句話，則會跟著我的
相機一起到天涯海角：「Believe the whale.」

螺肉攤（三）

「溫鑫，小鯨不去我要去！我也要預約明年的東加！」耘星一手拿著啤酒，對著溫鑫發下豪語：「這是一定要挑戰的啊！這麼吸引人，跟黑潮首席水下攝影師共遊東加耶！」

一旁默默吃起炒青菜的曾谷善抬起頭望了一眼「大放厥詞」的耘星，帶著一臉看到外星人的表情：「鄭耘星，你被附身喔？你又不是『戶外咖』的，認識你這麼久了，只有一次看過你衣服濕掉，而且那一次還是被別人推下水。」

「我記得我記得……是二〇〇四年去砂卡礑玩水，大家從石頭上前空翻後空翻的跳水超嗨，結果就是耘星說什麼都不下水……」周厲心接著補充，「把鄭耘星推下去的，我記得好像是……」

「是我吧，好像是。」土匪自首。雖然那一次過後鄭耘星有兩個禮拜不跟他講話，但他大概是全世界覺得最無所謂的人類：「對啊，我覺得你要先克服自己的恐懼啊，大自然就是這樣，你越害怕它，你就離它越遠，你要感謝我推你一把！」土匪甩著他的長髮，一派自在地喝起蘋果西打，換來了鄭耘星狠狠地一瞪。

其實別看耘星瘦瘦小小的好像弱不禁風，但她卻是我見過意志最驚人的女生。大學時期她是登山社的，參加過中央山脈大縱走，以一個山界菜鳥的資歷跟一群經驗豐富的社團學長姐一起，在山上走了五十一天；那是一支「很硬」的隊伍，她的體力和經驗也許是最弱的，始終走在隊伍的最後面，但她的意志卻完全不落人後，咬著牙硬是不示弱地走完了全程，挑戰自己的體能極限和持久耐力（大概真的是金頂電池的等級）。她有她的文青浪漫，也有她的堅強固執，我一度以為她是處女座的，具有「固定迴路」的人格特質，但後來才知道她是雙魚座的，浪漫至此，也有了天長地久的意味。

「你要不要先跟我去划過幾趟獨木舟以後再決定啊？」曾谷善以他對耘星的了解，開始遊說她放棄。

「獨木舟就獨木舟啊，又不衝突！我還是想要跟溫鑫去東加，這件事不做會終生遺憾。」其實大家都知道，耘星只要決定了的事，多半是改變不了的，她有著黑潮人普遍都有的任性。耘星看著身邊的厲心：「厲心，要不要一起去？揪團啦！」

厲心有著清澈的大眼睛，笑起來就彷彿從她的眸中看見了海洋，她有些猶豫，沒有馬上答應：「手邊還有放不下的工作……嗯，我再安排看看吧！」

「我反正明年七月都會出發，真的很希望可以帶你們一起去看看水下，到時候包船費跟住宿我來負擔，你們只要買好機票來就對了。」溫鑫一直是個溫暖而慷慨的老好人：「如果你們沒來過，我也會覺得很遺憾。」

「安內就丟啊啦！耘星，阿海伯乎你支持，你就做哩去，來就哺啦！（這樣就對了，耘星，阿海伯支持你，你就放手去做，一定沒問題的！）」

清海伯一向疼愛耘星，這個心細、聰穎又堅定的小女生，總是貼心地照顧身邊的人。身旁年輕的阿吉船長已經喝到微醺，耘星幫他向店家要了一杯熱茶，只見他喝了兩口，就起身到門口路邊站著抽起菸來。

桌上杯盤略顯狼藉，炒菜一盤吃完再接著一盤點，大夥兒搭著筷子，重點不是吃飽，而是配著故事下酒。

「今天的月升是幾點啊？」厲心望著門口抽煙的阿吉船長，他正微微抬著頭尋找月亮。

「零點三十四分，還早得很呢！」曾谷善查了一下中央氣象局，確認了晚上的月出時間。「怎麼，想去看月光海啊？」耘星也看了一下錶：「不過今天恐怕沒有，才農曆初九，月亮不大。」看著厲心有些失落的表情，耘星眼睛轉了轉，舉起手：「欸，小鯨主席，換我來吧！我來講幾個夜晚的故事。」她亮亮的眼睛，是夜裡最美的星光。

第四章

海上的星星

我承認我對海有恐懼，但不代表我不是「戶外咖」，我也喜歡爬山，而且很能走路，曾谷善說的可不是全部的我。

雖然很多人對於「黑潮人」的想像，都一定是「水性很好」、「很野又不喜歡守規矩」的一群人，但其實不盡然，很多黑潮人也都不會游泳啊！我也是後來到黑潮才知道，其實跟許多人對海洋的經驗差不多，我們並不是從小就在海邊玩水長大的孩子，起初面對海洋也因為溺水的經驗和海邊的警告危險標語而有所圍限，對於未知的海洋懷有一種恐懼感；反而是到了花蓮、接觸黑潮之後，才真正開始認識海洋。

也許是因為對海洋感到陌生吧，反而讓我對她產生了好奇，高中時讀了海洋作家 L 的文字之後，被他筆下那個我從未認識過的美麗世界所吸引，那段時間我瘋狂地讀完了 L 所有的作品，看他如何運用優美的文字，如夢似幻地描寫海洋中的奇妙際遇，惟妙惟肖地書寫著各種可愛的海中精靈，也透過他的筆，認識台灣第一個以海洋保育、海洋教育為主旨的民間組織「黑潮」，從那時候開始，心中便對這個機構有了一些想像，當時雖然在西部生活，卻透過電子報開始關注起東部的海洋組織。

其後，在因緣際會的巧合之下認識了黑潮的夥伴，也就沒有什麼猶豫地從南方來到了花蓮，加入了黑潮這個奇妙的組織。來到黑潮以後，發現這裡的夥伴都非常「任性」──那樣的任性對於我這種「假文青」來說，真的非常有吸引力。因為這群人和我一樣，都曾經很天真的想要抗拒成為一個「成人」，因為那意味著我們將變得只更加關切自己，而喪失了實踐「共同理想」的能力。簡單說，那意味著我們即將變得更加聰明、對自己的時間或空間更加精打細算，而漸漸消失一種對周遭人的熱情以及一點點改變世界的想望。我們將會對時間妥協，意志將受到招降；我們將會期待在最短的時間內獲得捷徑，而害怕失去懷抱著的固有的部分；我們將會失去一種閱聽世界的姿態，而企圖通過計算去擁有世界──除了心靈之外，考驗我們的或許還有體能的部分。當我們不再無時無刻都神采奕奕，面對漸漸失控的肢體宣示出一種頹廢的姿態，很多時候，我們寧可休息在半路，也不願再勉強自己往上走。成長的代價太大，而我們無法抵抗；即使我會因為這些轉換而變得更適合這個世界，我依舊會害怕自己未來的樣子。

然而在這裡，這群人讓我安心。

夥伴小鯨曾經開玩笑地介紹黑潮：「大家都說，黑潮就是一個『社會適應不良重症患者』聚集的地方啊！」我聽了哈哈大笑，覺得非常貼切。這些人各有姿態卻不對異己介懷，時時因為彼此觀點的不同而辯論得臉紅脖子粗，並不擔心因為過於堅持自己的真理就失去對方的友誼；理解對方時往往帶著對生命本質的觀察與探究，並不拘泥於職業、身分或頭銜等外在的價值；他們重視實質更甚於形式，尤其對「時間」特別吝嗇，絲毫不願浪費在做表面工夫的對話上，卻願意不計成本地投注於環境布道的工作中；他們不願意因為妥協於便利，而製造自然環境的壓力，不怕得罪人地積極遊說勸說。正因為對於自己心中價值的堅持大過於重視他人對自己的評價，我看見黑潮夥伴異於世界的真誠和無畏，而他們讓我看見生命的各種可能性，明白人生並不是只有一種樣式，世俗定義的「成功」並不一定相等於快樂，而每個生命的靈性都不應該被他人操控，真正需要花一輩子去努力的課題，唯有該如何誠實面對自己的內在。

我想海洋會唱一支歌，讓為她沉醉的水手迷途，然後隨著歌聲來到她廣袤的懷抱裡；然而幸運的是，這群迷途的水手終將走出迷霧，與同頻的彼此相見。　一直以來，我自認不是有什麼特殊才能的人，算得上專長的能力大概就是「溝通與協調」，也就是白話文說的「喬事情」，這樣的專長意外地在黑潮非常需要，因為這群率真又任性的夥伴的真性情還是會時不時地爆出火花，所以我知道要讓這群各有所長的夥伴一起共事，少不了一些溝通串連的橋梁，這種檯面下沒有人知道卻無法缺乏的角色，通常由我來扮演。看起來，在黑潮裡面我應該是最「正常」的那一個，從小就是乖寶寶的我其實沒有什麼叛逆期，父母也總是對我很放心，並沒有什麼離經叛道的行徑，也沒有什麼特殊的秀異才華或反社會傾向，平順地念完書找工作，無風無雨地過著生活──但其實我心裡面一直有個祕密的恐懼，從未對家人說起。

月光海

如果沒有癡迷過黑暗，被它反覆撞擊到片片碎裂，不可能放下執著。遇見
生命中剛硬而深沉的黑暗，也許是一種殊遇。它使你成為俯首探望過深淵
的人。

——安妮寶貝，《眠空》

其實，我小時候有段時期非常害怕黑暗，每當黑夜來臨，光線一寸寸消失，彷彿看
見生命的霧氣蒸發，然後一口一口被夜獸吞噬。

於是，家裡哪裡都有燈，還要隨著不同功能而存在於我的空間之中。閱讀時要有柔
和卻聚光的檯燈、書架上方要有一排溫馨的黃光投射燈、吃飯的餐桌上要有吊燈、
沙發旁則要放一盞立燈、睡前要有床頭燈和小夜燈，連玄關都要有感應燈——我依
賴著光源，如同所有的動物一樣，擁有強烈的趨光性，每到傍晚，只要感受一些暗
徵就必須開燈，昏暗的環境牽動著我的恐懼，我無法想像在愛迪生以前的人們都是
怎麼活過來的。

他們說我沒有安全感，沒有安全感所以怕黑，沒有安全感所以需要光線，好讓我確
認每一個空間、每一個細節都能在我的掌握當中。我沒有否認，但我不曾告訴他們
的是：童年時反覆做著一個夢，夢裡有一間明亮寬敞的房間，我和爸爸、媽媽、弟
弟、妹妹都在房間裡，所有人原本都安穩地睡著，但不知道過了多久，醒來後竟然
發現房間裡除了我以外空無一人。我跳起來向每個角落張望，想知道其他人去了哪
裡，但卻只有空蕩蕩的房間，什麼多餘的物件都沒有，我扯開喉嚨大喊爸爸媽媽，
用盡全力卻發不出聲音，夢裡的我張大了嘴巴冷汗直流，不斷抽噎哭泣。從夢裡驚
醒之後，我總是打開所有的燈，一一確認身邊的家人，往往就這樣開著燈直到天
明。成長過程中，這個夢境時不時跳出來，內容幾乎是一樣的。我不確定怕黑跟這
個夢境是不是相關，也從未探究到底是因為怕黑才使我不斷反覆被這個夢魘糾纏，
還是因為這個夢境的存在致使我非常怕黑——總之，真正學會感受黑暗，是在上大

學離開家之後才開始的。

大學念的是一所位於海港邊的學校，以美麗的落日和綺麗的晚霞聞名遐邇，在假日傍晚時的海堤邊總聚集許多相依偎的情侶，一個蘿蔔一個坑地並坐在城牆狀的堤防低處望海親熱。有時上完最後一堂課，我騎著摩托車經過時，也不禁被海上絢爛的金黃與遼闊的壯美所吸引，幾次停下機車駐足觀看火燒般的彩霞，夕陽斜倚在海面的天空中，然後隨著時間和地球緩慢地轉動，漸漸沒入海平面之下，初時天光未暗，天空中掛著星星以及模糊的月亮，天色呈橘黃、淺紫、深藍的漸層，直到黑夜的染料漸漸下沉，天色換上了深重的黑，海面也出現了船隻的漁光，閃爍如星火。很奇怪，我以為我怕黑暗，但真正在自然裡目睹天色由明亮轉為黑暗的過程，竟然不會使我恐懼心慌，反而感受到一種寧靜。

另一次經驗是在山裡。

大學加入了登山社，第一次背著超過我半身高的大背包、扛著帳篷和學長姐一起在草坡上紮營，我們全身汗味地卸下所有裝備，選了一塊平坦的草地開始搭帳篷，當建好一座在山裡的暫時居所之後，天色已漸漸暗了。大山裡沒有燈光，我們戴起了頭燈，掏出事先預備的營燈，然後在帳篷中間用枯枝生了一簇營火，夜裡大夥在營火旁邊用爐頭和瓦斯罐烹煮簡單的食物，然後在閒聊之中迎來一日勞動之後的濃濃睡意，早早各自回帳篷內享受一夜的安穩睡眠。因為和其他有經驗的人一起，所以我並不害怕，很快就進入夢鄉。正當我睡到一半時，突然感覺肚子陣陣脹痛，強烈的感覺讓我不得不睜著惺忪的眼睛爬出帳篷之外，尋找適合解放的地方。在一片漆黑當中我沒有忘記戴上我的頭燈，在離營地不太遠的草坡旁找了一處足以遮蔽的樹叢，蹲下身來準備解放。為了不讓人發現，也防止頭燈吸引來的小飛蚊不斷往我的臉上撲來，我把頭燈給關了。當眼睛適應了黑暗之後，我發現因為接近滿月的關係，月光強度其實足以照明周遭環境，甚至還看得到一株株站得直挺挺的二葉松投射在地上的影子。

因為黑暗的關係，整座大山顯得非常安靜，但仔細一聽又有一些不知名的蛙鳴和夜

鳥啼叫。當視力所及的範圍變小,聽覺的靈敏反而提高了,我甚至聽到了風微微吹過樹葉的窸窣聲,還有一顆松果掉落在地上的聲音。此時,月影照射的草坡裡浮出了緩慢移動的幾點螢光,是螢火蟲明滅著尾巴的燈籠,在夜裡殷勤地指路。我抬頭望向天空,滿天星光羅列在漆黑的天空中,顯得異常清亮——據說,眼前這些星星距離地球至少十億光年;也就是說當下我們所看到的星星其實是十億年前的它們,而實際上和我共存在此刻的星空狀況,也要在十億年之後才看得到——「原來眼前這些閃爍在黑夜裡、明滅著的星星,和我處在完全不一樣的時空中啊……我眼前所看到的星星,實際上也許早就已經不存在了。」當我聽到這些科學事實的時候,感到非常訝異,伴隨著一種非常不真實的感覺:原來眼睛所看見的事物,並不完全是真的呢;而那些習以為常存在的事物,原來極有可能只是人們的一廂情願。

但即便如此,在那個夜裡,滿天的星光和月光帶給我的震撼與感動,卻是如此真實地撫慰了我。走回帳篷的路上,我沒有再開頭燈,就這樣讓自然的微光和飄忽閃爍的螢光帶路,聽著自己在黑暗中的腳步聲,踩過落滿二葉松的泥土地,褲管沾染著未明天光前的晶瑩初露,完全沒有害怕地緩步走回帳篷外;彼時,卻看見兩三位學長在營火旁邊仰天枕臂而臥,他們就這樣合身躺臥在天地之間,以草坡為鋪以星空為毯般地自在,彷彿人類自始至終就是這座山林裡的一部分——那一刻起,讓我開始學習不害怕黑暗。

直到我開始感受到夜的美好,大概是在看過月光海之後。

那是一趟青春的旅行,出於對「流浪」的情懷、對生活的鬱悶,以及對海洋的崇拜。某個夏日下午,我在室友 L 溢著汗味的房間裡對她說:「我想去東海岸。」她從歪斜的書堆之中抬起頭注視著我,說:「那就走吧,別只是想而已。」放在腦子裡想像的計畫已經灼熱難耐,攤開地圖,我的手指越過了中央山脈、藍色太平洋、騰雲駕霧的瞬間如同置身異地。睜開眼景物依舊,我端坐在桌前彷彿置身牢籠——然而,再隱忍的生命都需要一個出口。於是在一個悶熱的下午,我們揹起了七天的行囊與食物,提起帳篷睡袋,跨上機車從南方出發,一路翻山越嶺,選擇了一種最腳踏實地的方式,花極大的精神與冒險的勇氣,去到我夢寐以求的海洋身邊。沿途

我們走過台十一線藍色公路，騎著車橫飆在沿海的公路，一面是山，一面是一望無際的藍色太平洋，蜿蜒的灰色公路下是一整片的礫灘，灘頭一整排大王椰子招搖戲弄著陽光，活脫脫是一幅充滿夏季南洋風味的畫。海水活潑靈動，型態千變萬化一如少女，那蓬勃的生命力，是東部的海，迥異於西海岸。在呼嘯的風中我極度興奮，以原始的方式遠走，靠近生命最本質的荒蕪，我們彷彿一無所有的天涯浪子，所有家當就扛在肩上，隨著我們海角天涯。

每到黃昏我們就尋找夜晚的營地，一個靠海的小涼亭是最佳選擇，如此我們可以在天明時擁有一面最美麗殷藍的視野，同時可以聽著浪聲入眠。夜晚來臨之後，所有的光源來自於燒瓦斯罐的營燈，小小的黃燈映照在旅人的臉上，我們圍坐在地墊上面閱讀。海浪的音量出乎意料的大，所有的能量似乎就凝聚在那一波波擊拍向岸的激情——但不管那天的旅途多麼奔波，夜裡的浪聲都不會輕易放你安然入眠，似乎不甘於旅人輕易就閉上了眼睛，夜裡的海洋激動地搖撼，要你清醒地聽見、看見這

遠眺金樽灣特殊的陸連島地形。

109

一汪深藍色的水域。夜漫長而美麗，在一片闃暗之中，星空繁華如鑽，繽紛而喧鬧地擁靠著，快要湧出天空的邊界，就這樣一簇簇地快要掉落下來。我睡在帳篷之中，禁不住探出頭，仰望著星空不忍閉眼，就這樣曝睡在星空之下，任夜裡的露珠在臉上結成水滴。

在那樣神采飛揚的旅程中，有一夜，我們紮營在台東的金樽漁港。

我特別喜歡這個漁港的名字，讓我想起李白「人生得意須盡歡，莫使金樽空對月」的詩句，一路興高采烈地尋找金樽漁港的位置。這個小港區並沒有明顯的標示，要抵達港區的檢查哨之前，必須由台十一線旁邊的一條小路下去，經過一個長長的斜坡，接著沿彎彎曲曲的小路前行——小路的一邊是堤防，堤防的外面當然就是藍色太平洋；小路的另一邊則是叢生的野草堆，然後是稻田，接著會開始看到

月夜中染成金黃的海面。

停靠在一邊的漁船，最後經過零零落落兩三間附有電動玩具的小商行，就抵達目的地了。金樽漁港的港區並不大，停泊的船隻並不多，除了海巡阿兵哥之外，遊客也不多。我們選在ㄇ字型漁港的中間紮營，帳篷口對著海，看見燈塔入口的紅綠燈柱在夜裡交互閃爍，而在漁港右方則設有一盞探照燈，緩慢地掃射過漆黑的海面，彷彿是黑暗舞台上的 spot light，表演者是山風與海浪。夜裡的漁港沒什麼風吹草動，比起睡在臨海的涼亭，一個巡邏哨所前的營地顯然令人安心許多，我在帳篷外用頭燈照明，埋頭寫著旅行中的明信片，讓沿途的美景和思念可以藉此獲得傳遞與安撫。不經意一抬頭，卻看見月光晶亮，完美無瑕地耀出光芒，渲染著夜裡墨黑的太平洋，沒有路燈、漁火的小海港頓時像白日一般明亮，山的稜線很挺，港邊的漁棚有了影子。正值滿月的漲潮，海水在月亮的召喚下激情地澎湃著，每一波海潮都是向上蓬勃的欲望，白色的浪花拍打著海岸，鵝卵石發出吟哦。港口的燈塔明滅著燈光，漁火在遠處晃動。光潔美好的月亮發出光芒，從山的此端到另一座山的彼端，將海染成燦亮的黃金，一整片的月光海，閃閃發亮，地面萬物清晰有影──那是我第一次與月光海的不期而遇，金樽的月光海，在夜裡散發出極為溫柔的一種空氣。海很沉默但卻能吸納一切，那金色的波光就像是一種奇蹟，輕輕的晃動著、閃耀著。所有影像都無法記錄當下的美，我帶了相機和畫筆，卻完全發傻，只覺得震撼。

在那次之後，每當生活中有一些挫折或是停頓，我就會想起當時金樽漁港的月光海，那樣的寧靜如同甘露一般，在不知不覺之中沁入肌膚，透過血管輸送到全身上下，然後在毫無預警的靜默之中交換了新鮮的紅血球，瞬間透過全身的血管與神經，帶出一種從內到外的煥然一新，讓我從心底徹底信服地感受到一股幸福，那是再多有形的財富也抵達不了的夢境。

生命流轉，在日後，我認識了在花蓮生活的一群黑潮夥伴，也成為其中的一員，在海邊紮營、生火，望著滿天星斗在大浪聲中睡去，漸漸成了每年夏季最常經驗的夜晚；而每當農曆月中適逢天氣晴朗的傍晚，我們也習慣到中央氣象局去查詢月升的時刻，然後帶著保鮮盒袋，裝起切盤後的當季水果、清爽食物以及少不了的啤酒，和三兩好友一起到七星潭海邊去看月光海。這是居住在洄瀾城市的生活風景，我們

被山環抱被海圍繞，無需曲折的夢想，純粹只是追隨著海浪的召喚，以受淘洗的靈魂來回應。

綠光海浪奇幻旅程

冬天的海邊，也有夜晚的故事可以說給你們聽。

花蓮的氣候是這樣子的：每年的六到八月是最晴朗炎熱的季節，整座城市閃耀著屬於夏日海濱的光亮；從奇萊鼻燈塔所在的四八高地遠眺，大藍海洋靈動卻又優雅，活潑而不失莊重，在陽光的照射之下折射出水藍色、綠松石藍、亮海綠、暗青、孔雀藍，一路加深到濃藍色、普魯士藍，深沉到接近黑色的藍寶石色……若要在畫板上重現夏天花蓮太平洋的顏色，恐怕要用上色票裡所有的藍色系名字了。所以說，我總覺得花蓮是一座夏天的城市，相應而生的觀光產業也總是在夏季把花蓮擠得水泄不通。不同於台東的原始野性、宜蘭的溫雅文氣，花蓮這座城市位於海岸山脈與中央山脈之間的縱谷河川沖積扇平原，兼有山高海深的自然之美與多元族群文化的人文特色，觀光產業發展亦十分蓬勃，整座城市的氛圍便有了極為合宜的模樣。

每當時節來到九月，暑假人潮的喧囂就會明顯退去，幾乎在每年的中秋節過後，第一道東北季風鋒面就會為花蓮的海域換上不同顏色的衣裝，明顯的風勢會捲起大海翻騰的情緒，從鹽寮海岸山脈起點的花蓮山（因標高七十七米，又稱七七高地）往海面俯瞰，深灰藍色的海面上有白色的浪花推擠著，隨著浪的走勢彷彿一串串白色的祈福旗急促地推擠著，從海面毫不放鬆地向岸邊追擊拍打。此時，在夏季休漁的討海人也開始整理漁船和網具，將標台架上船頭，隨時等著要在北風吹起時頂浪出海，尋找心中夢幻的高經濟魚種，展露標魚手的銳利與驕傲。然而，花蓮港的漁船多半是進行沿近海的捕撈作業，在全球漁業資源越來越匱乏的情況下，沿近海漁業受到的衝擊和影響最為明顯。許多討海人一談到過去「滿滿都是魚、整海都是」的榮景只能望海興嘆，如今出海一趟卻捉不到與油價等值的魚，更別說要靠捕魚維生、賺錢了。一些受雇於他人、自己沒有船隻的漁民遇到船長不出海時，收入也相對減少，為了討生活，這些討海人也會透過各種方式去「賺外快」，有些人兼著種

田賣菜、有些人夏天時就在賞鯨船上工作、更多人每逢農曆過年前後寒流來襲時，徹夜在溪口撈鰻苗，賺老天爺給的「紅包錢」。

第一次看人在溪口捕鰻苗，我記得好像是二〇一〇年的冬天。

那一年的跨年，忘了花蓮市是哪個偶像歌手來唱跨年了，只記得自從好大喜功的縣長將每年的跨年晚會當成重要治績之後，當跨年一到，外地觀光客湧入，花蓮人就會自動開啟「防颱防災模式」，在假期前先到農會、大賣場採購連假天數足量的食物和生活必需品，就像是每年颱風前的瘋狂採購準備一樣，打定主意，除非必要，絕不踏進擁擠的花蓮市區一步。對於渴望慢城步調和自然生活的「新花蓮人」來說，連假帶來的廉價觀光季和暴潮般的消費模式，絕對是某種人為災難。

所以「黑潮幫」的花蓮人，跨年計畫多半是選定某個有大廚房的夥伴家，相約吃飯開趴喝酒，如同一群拱背深潛入海的鯨群，避開海面表水層的喧囂擾動，集體聚集在深水海域中靜默狂歡一般。二〇一〇年的跨年，恰逢一道低溫刺骨的寒流，記得那個晚上大夥兒在我的住處吃飽喝足之後，夥伴小鯨開口約大家一起去花蓮溪口探險：「我最近在做沿岸漁業的調查，要去花蓮溪口看討海人捕鰻苗，你們要一起去看看嗎？」我聽了眼睛一亮，覺得頗為新奇有趣：天氣這麼寒冷，全世界沒有去參加跨年晚會的人，應該都正坐在電視機前吃零食看跨年晚會轉播吧？在強烈好奇心的驅使下，我們都興致勃勃地穿上了禦寒衣物，一行人就這樣在寒流來襲的夜晚，繞過了暴動般的紛鬧市區，沿著 193 縣道一路往南騎，越過日夜散發臭氣的中華紙漿廠、光華工業區，騎上東華大橋，一路往花蓮山的方向前進，在黑夜裡沿著七七高地旁的小路轉進了花蓮溪的出海口——那是花蓮溪與太平洋的河海交界處，奔流的溪水與拍岸的海浪在這裡相交角力，形成了「迴瀾」的壯觀風景，據傳也是花蓮古地名的由來之處。

靠近溪口沒有燈，夜裡一片漆黑，海風吹得強勁，我們一行人縮著脖子搓著手在黑夜中走下了河床，往海岸邊走去。「在哪裡啊，小鯨？」同行的厲心身形單薄，忍不住發問。「要找一下耶！每年好像捕鰻苗的地點都不太一樣，要看『流』才能決

定確切的地點，這只有討海人清楚。」小鯨抓著手電筒，在伸手不見五指的遼闊河床中舉目遠望，遠處的河床上似乎零星停著幾輛車，旁邊隱約看得見重疊的幾簇臨時帳篷，還有微微的幾叢火光，我們自然地朝向光的地方走去。

那是一個月光迷濛的夜晚，當我們漸漸走近，隨之而來的景象吸引了大家的目光。「好美啊！」厲心喃喃地說，只見二十多個手持手叉網的討海人，戴著頭燈、身穿綠色的青蛙裝，站在河海交界處，正在專注地捕捉鰻苗。隨著浪湧上來的節奏，他們持網面向海浪拍打上來的方向，當白色浪花往後退時，他們轉過身來利用幾秒鐘的時間檢查綠色網目上是否有細如髮絲的透明鰻苗，口袋放著一個小袋子，將網目上的鰻苗迅速挑起放入小小的集魚袋中，在下一波浪拍上岸前要立即再轉身迎向大海，若動作太慢來不及轉身，沒有注意到從背後捲上來的浪，極有可能被浪拍打得一身濕甚至站不穩而落入海裡。

冬夜裡在溪口以手叉網捕撈鰻苗的討海人。

114

「每年大海都會收走幾個啊，抓鰻仔栽的。」我記得清海伯曾經面帶神祕地說過，花蓮溪口撈鰻苗的工作具高風險性，幾乎年年都有討海人因為不熟悉海流狀況或因為一時輕忽，被猛然湧起的浪捲入黑暗中的太平洋湧流裡，失去蹤影。

在黑夜裡，二十多盞頭燈在綠色的網目中聚光，強勁的光束一會兒在浪來時照向海面，浪退時再轉身照向綠色的網具，散射出帶著螢光綠的光扇，他們隨著浪的舞動而齊一地照射海面、轉身、照射網具、再轉身，動作非常一致，幾乎可說是屏氣凝神地在與海神對話的模樣，專注靜默得如同祭典上的集體儀式舞，身後墨黑的海面鑲著浪的白邊，遠方的海平面上是一排花蓮市的城市光影，除了浪的拍岸聲和颯颯的風聲之外，海邊非常靜默。不久後，時間將近十二點，跨年的時刻一到，花蓮市上空便炸出了好幾朵繽紛絢爛的煙花，有高空的也有低空的，有火樹銀花也有流星重錘，天空瞬間開綻，異常熱鬧。然而眼前這群埋頭捕鰻的討海人一點也不為所動，沒有任何人因為跨年的煙火綻放而停下手邊的工作稍事休息，彷彿遠處的歡慶

跨年的煙火再絢爛，仍抵不過面對生計的壓力。

與自己毫不相關，眼前的綠光海浪儀式舞依舊隨著海浪的節奏前進、轉身、低頭、轉身、前進、低頭、轉身……整個前後景以蒙太奇手法拼貼出帶點荒謬卻又非常寫實的視覺畫面，奇異地組成了那一個跨年夜令我永生難忘、富含怪誕之美的畫面。

這樣對比和諷刺的場景，反映了世界某部分令人不忍直視的真實。

一個跨年夜裡施放到天空中的煙花炮火瞬間絢爛，燃燒了上百萬的人民血汗錢，傾盡全力舉辦大型的歌舞表演，邀請重量級的明星藝人演出，究竟是在酬神還是酬庸？當人們仰望天空，為那十分鐘的流離火光高聲驚嘆、興奮拍照的同時，燃燒掉的是用數千萬買來的虛假幸福感，還是浮華過後空洞無望的新年新希望？莫怪眼前在寒風刺骨的冰冷海水中捕鰻苗的討海人無感，因為再多狀似美好卻空泛虛假的政治承諾，都無助於眼前為滿足家中溫飽而生的現實需求。

做漁業調查的小鯨已經湊身到一旁的小貨車，和等在河床上現金交易的鰻苗收購商聊起天來。「大哥，請問現在鰻苗一尾價錢多少啊？」小鯨一臉善良無害的模樣，是做田野調查的高手。

「今年鰻苗產量多，價格中等，一尾大概四十八塊左右。」一旁抽煙等待的收購商看起來經驗老到，整個晚上的等待讓他顯得有些無奈，但反正閒著也是閒著，他繼續跟小鯨聊了起來：「這些鰻苗，都是要養殖之後外銷到日本去的，九成以上是日本人在吃，市場需求量很大。」

「所以抓鰻苗是要去人工養殖的……呃，那為什麼需要野外捕抓呢？難道人工飼養的成鰻不會產卵嗎？」小鯨追根究柢發問。

「台灣目前技術還不行啊！我聽說韓國人跟日本人的技術已經可以成功繁殖了啦，但是台灣的技術還沒到那邊，現在都還是需要從溪口捕抓賣給鰻魚養殖戶去養，沒辦法啊！」這位老經驗的大哥頗了解國際狀況，看來這個產業跟國際之間的往來應該是非常頻繁。

「那我們溪口的鰻苗是哪種鰻啊？好吃嗎？」小鯨接著問。

「一般在台灣溪口抓的都是日本鰻跟鱸鰻啦！日本鰻就是日本人常常吃的那種蒲燒鰻啊，你沒吃過喔？」大哥叼著煙，繼續說：「台灣人一般是吃不起啦，日本鰻價格比較貴，日本收購價高，九成以上都是賣到日本去，日本人很愛吃啊！尤其每年七月他們都有辦那個『鰻魚季』啊！吃了補身體，需求量很大。」

我看著眼前這些在刺骨寒風中冒著生命危險捕鰻苗的討海人，心裡隱隱感到疼痛。他們撈到鰻苗之後，每個晚上會跟收購商以每隻四十八到兩百元不等的現金結帳，收購商再運到西部的鰻寮做養殖，成鰻則以每公斤六百元的價格再外銷到日本、韓國、中國大陸等東亞地區，大多數是由日本收購，而最終端的蒲燒鰻飯，這些討海人可能一次都沒吃過。放眼望去，除了在海裡持續作業的討海人之外，河床陸地上還有些討海人的妻子瑟縮在臨時用竹竿與帆布架起的帳篷裡，帳篷外是一簇簇生起的營火和東倒西歪的深褐色保力達 B 瓶子。

同樣一個跨年的夜晚，有些人在愛人溫暖的懷裡看著電影喝紅酒，有些人和家人相聚正舉杯歡慶，有些人還在喧鬧歡騰的演唱會現場大唱大跳，但也有一群人泡在海水中，以命拚搏，賺取「意外之財」，祈求老天爺賞紅包而不是給白包……一陣陣寒冷的海風吹來，我和厲心又縮著脖子搓著手，安靜地凝望在這片黑色帷幕的大海舞台上，那沒停過的綠光飛舞。

夜深之際，溫鑫架起了他的數位單眼，和著夜空，「咔擦！」拍下了這一幕。

銀色水妖

記不得是從哪一年開始，「黑潮人」的中秋節夜晚，就是在海上過的。

雖然說「每逢佳節倍思親」，但從台灣各地長期移居到花蓮的黑潮夥伴在這裡落地生根，遇到全台灣島內移動最劇烈、處處大塞車的假期時，有些人就寧願選擇提早

回家與家人相聚，中秋連假則乾脆原地不動，逆其道而行。

台灣的中秋節是不容易被遺忘的，就算你家沒有電視，看不到一堆月餅的廣告，也會在便利商店裡被貨架上早一個月就開始推出的烤肉用具和三節禮盒所提醒。更有許多民眾在中秋節當週就開始戶外烤肉，走在大街小巷，無一幸免地會不斷被烤肉醬的香味和炭盆的煙燻味攻擊，所有路人的眼神都像在朝你瘋狂吶喊：「中秋節，來烤肉啦！」親友們相聚吃烤肉、朋友們歡唱也吃烤肉，彷彿不烤肉就會很寂寞一樣；每當這個時節，全台灣的竹籤、竹筷子、烤肉鐵架、鋁箔包裝和塑膠手套就會被大量使用，垃圾量也因此顯著地大幅增加。

「我最討厭烤肉了！非常不環保，你們千萬不要約我烤肉！」土匪一到中秋節就會像狼人看到月亮一樣對我們咆哮，彷彿快被陸地上的烤肉活動給逼瘋了。但顯然在陸上避不了烽煙四起的烤肉攤，某一年開始，我們就把腦子動到海上去了，心想既然有賞鯨船，為何不包船夜航，到海上對著一輪皎潔明月飲酒高歌呢？

船隻是陸地的延伸，是移動的宴席，就在某一年的夜晚，大家約好了傍晚在碼頭邊集合，各自帶一道下酒菜，就這樣開開心心地上船出海。夜裡的海和白天完全不一樣，雖然看不見深深淺淺令人著迷的各種藍，但換上黑衣顯得隆重而神祕的大海，卻能更清楚地看見她柔軟胸臆的波浪起伏，如同呼吸的頻率一樣，緩慢而悠長。

在黑夜的航道裡，船隻橘紅色的信號燈在船桅處閃呀閃，我們也將幾盞散發柔和黃光的營燈放置在船隻的角落，大夥兒迎著海風，航行過長長的堤防，駛向廣袤而未知的黑色宇宙。船隻轉出了港嘴線之後，彷彿脫離了陸地堅實的雙臂，迎面而來的太平洋靜謐地沉睡著，海平線如同海神緊閉的眼眸，而身後連綿的山脈則恍若護衛著大海的忠實戰士，站立於微濛的夜空下，散發著堅定的意志。

看不見，反而更清澈。

如果白日的航行，是朝著這個未知世界的冒險，那麼夜裡的航行，便是航向每個人

內在世界的一趟探索之旅。黑潮的夥伴們平日習慣了船隻，早已各自選定一處舒服的位置，瞇著眼望向遠方闃黑的海面。夜裡的黑並非伸手不見五指的全暗視覺，當眼睛習慣了低度光線，其實月光的亮度是足以照亮周圍的。阿吉船長溫柔地駕著船，越過南北濱之後繼續往南開，然後約莫在洄瀾灣的外海處減慢船速，接著熄了引擎，海上瞬間一片寂靜──和在海邊不同的是，海上聽不見拍浪上岸的聲音，平靜無波的時候，幾乎連海水與船體接觸的聲響都不明顯。在海中央選定了一處停船的「賞月點」之後，大夥兒開始在甲板上張羅各自帶來的食物，各種尺寸的保鮮盒被擺放在一起，裡面裝了鹹酥雞、滷味、餃子、各式水果、各家私人料理、還有定置漁場買來的生魚片，最重要的，一定少不了紅白酒、沖繩泡盛米酒，以及黑潮酒鬼們私藏的陳年好酒。

夜裡的航行，是航向自我內在的旅程。

海上的相聚總是簡單而率性，大夥兒就著月光海舉杯，遙敬這一季夏天熱鬧忙碌的大海。中秋節對於黑潮解說員另有一層意義，因為每年的賞鯨活動約莫從五月起到中秋節前是旺季，七八月每一天更有將近十個船班密集出海，緊湊而專注的節奏讓大家都繃緊了神經；這樣的節奏會持續到九月，當中秋節一過，第一道東北季風吹來以後，海上的休閒活動就稍稍告一段落，準備進入下一個「討海」的季節。因此這幾年，在船上度過中秋節，幾乎已經成了一種默契和儀式，在我們所依賴和熟悉的海上，感謝大家這一季的奔波，舉杯向月，對大海致敬。

就在大夥兒一邊碰杯一邊聊著今年海上船班的趣事時，在船頭懸坐著的小鯨忽然大喊眼力最好的阿吉船長：「船長！你看那裡是不是有什麼動靜？船頭兩點鐘方向！」阿吉船長聞聲望向海面，習慣性地拿起望遠鏡。「背鰭……那應該是……熱帶斑啦！」聽到海上的動靜，大家紛紛走到三樓甲板看台、船舷和船頭去一探究竟，「真的耶！在那裡！」厲心也很快就看到了月光下迅速移動於海浪間的三角形背鰭，這群活潑靈動的熱帶斑海豚約莫有二、三十隻，牠們迅速而有默契地變換著隊形，嘴喙上的小白點如同銜著珍珠的海洋使者，身上的斑點暴露了牠們的海洋年資。無視於我們的船隻，這群熱帶斑海豚雖然在船隻的附近穿梭，但顯然吸引牠們前來的並不是船上的這些人類，而是水下因為船隻聚光而浮出表水層的小魚和南魷群。「看水下，好多魚！」小鯨大喊，大夥兒從船舷邊往下探望，靠近船隻的光束照射到深不見底的水面，透著船體微微地反光，而受到光線吸引的魚群在光的照射下，身體逐閃爍起銀白的光芒，交錯著游過船底下，只見熱帶斑海豚迅速地追逐起小魚群，正專注地獵食著，海面上水花四起好不熱鬧；「海鳥也來了！」仰頭望向天空，一群燕鷗以分列式掠過上空海面，牠們似乎也趕來赴宴，毫不猶豫地加入了這場攝食大賽。只見黑夜裡原本平靜的海面水花四濺，熱帶斑海豚在水面下的穿梭如同移動的星河，以豹一般的速度追逐著水下泛著銀光的魚群，而在海面之上盤旋的燕鷗，也緊盯著水面躍出的魚花，瞄準目標後迅速向下俯衝入水啄食，此起彼落的水花間正上演海上的食物爭奪秀，所有人都目不轉睛地看著這一幕難得一見的場面。

「船的另一邊有白帶魚耶！」溫鑫悠悠地指向船舷另一側，「在哪？」大夥兒一邊踩

腳遺憾沒帶釣具，一邊湊到船體另一邊去看，果真看見幽深的水下就著月光映照出一條條如同蛇體一般的銀光，成群地以頭上尾下的姿勢漂浮於水中，彷彿來自深海的銀色水妖。白帶魚以小型魚類、甲殼類、軟體動物為食，白天牠們棲息在約一百公尺以下的深海裡，夜晚則會成群巡游到表層水域，因此捕抓白帶魚的船隻多選在夜間作業。

「欸，你們知道嗎？釣白帶魚的時候，有時候釣到一條魚拉起來就是一整串。」曾谷善湊過來說：「白帶魚是一種兇狠的魚類，你們下次吃的時候注意看牠的尖細利齒，一旦其中一隻上鉤就會遭受族群中其他個體的攻擊，一隻咬一隻，經常是一隻上鉤就可以拉起一串的白帶魚！這個書上有紀錄喔！」

「唉，現在哪有這麼好康的事！都抓不到魚了啦！已經很少看到釣一隻上來一串了啦！」阿吉船長在夜裡點了根煙，紅色的煙頭在夜裡閃爍，他朝著夜空長吐了一口煙：「海裡已經沒有那麼多魚可以抓了啦。」話中帶著一絲難掩的落寞。

「船長，下次我們約開船夜釣魷魚好不好？」小鯨對漁業活動甚是好奇，夜航之美讓她忍不住想體驗看看夜釣鎖管、夜釣南魷、夜釣白帶魚等晚上的漁業活動，提議大家下次一起包船出海夜釣。

「釣魷魚？那很暈耶，你應該馬上就倒了，到時候什麼都釣不到，只釣到半死不活的美人魚！」阿吉船長跟這群解說員在一起久了，誰有多少斤兩他早就摸得一清二楚，忍不住嗆了一下位列暈船一族的小鯨。

「你想釣的話還是在岸上釣啦！七星潭那裡每天晚上都有很多人在釣魚啊！運氣好的話，一個晚上可以釣到不少水針魚喔！」為了安撫小鯨失望的表情，阿吉船長趕緊加了一句。

「我看過人家釣水針魚啊！之前看月光海的時候有跟耘星一起去看過，魚是還滿多的啦！」小鯨這麼一說，讓我想起了我們曾經在七星潭海邊看釣客釣水針魚，那些

釣客多半都是傍晚就開始待在海邊了，帶著一個冰桶、螢光棒和長釣竿，或站或坐，一待就是整個晚上。隨著拋竿、拉竿，有些時候甚至不需要釣竿，用一條長棉線就可以把水針魚拉扯上岸，尤其在水針「大咬」的時節，有經驗的釣友不需要魚餌，幾分鐘就可以拉上一條水針。月光下，我們就這樣看著一條條瘦長的水針魚如同流星劃過天際一般，直直墜落在海邊礫石堆中，長長的、銀緞帶般的體色在月光的照射之下，如同銀色的顏料罐一樣閃閃發光，背脊則如深藍色的閃電。水針魚細細尖尖如嘴喙般的上下顎常在海灘邊被撿到，釣客將水針魚釣上岸之後，會迅速地把牠鑷子狀、羅列著尖尖細牙的顎部切斷，然後就丟棄在岸邊。小鯨有時會順手撿起這些水針魚鑷子狀的顎部，回去清洗風乾做標本，有些釣客看我們在一旁「觀戰」，有時還會送幾條水針魚讓我們回去打打牙祭──在花蓮生活就是這麼有趣，花蓮人的日常生活中少不了到海邊散步、釣魚，那是一天之中最放鬆的時刻，在夜裡乘著海風休息，在露天的濱海公園看月亮、夜騎或做運動。在依山傍海的花蓮小城，中秋節在海中央賞月也顯得一點都不過分。

來到花蓮，和這群愛海的黑潮夥伴總是不分晝夜地徜徉在海上或海邊，大海早已成為我們身體的一部分。白天的大藍海洋繽紛而魔幻，夜裡的海洋則是神祕而充滿了層次感，探索夜裡的海洋如同探索自己的內在，所有的不安和焦慮來到海上，彷彿是被一塊能量巨大的海綿給吸附了，隨著黑夜之中的浪湧起伏，一次又一次向內在的自我淘洗、叩問。忘不了每一個在海邊紮營的夜晚，不用刻意準備，往往就這樣隨意邀約，大夥兒就各自帶著帳篷和睡袋出現在夜的海濱。有時候是七星潭、有時候是黑森林，若想要感受大山就再往北一點走，到崇德的清水大山腳下的海灘，沿著這條長長的海岸線，度過無數個燃著營火仰望星空的徹夜暢談以及被天光照醒的清爽早晨。我們在大海的身邊相聚、棲息、沉浸，也在每一次相聚之後感到被理解、撫慰和釋放。

火光中我望著我的黑潮夥伴，我們來自這座島嶼的各個角落，卻在東岸的太平洋海邊相遇和相聚。他們如同潮水一般來去，卻總在夏日時節迴游到這座城市裡──你也許很難想像，一群毫無血緣關係的人怎麼能夠生活得如此像一家人，一群性格南轅北轍的人怎麼能夠相互包容、不畏失散地誠實以對；但，這就是黑潮啊。

忘了從什麼時刻開始，我決定留在這裡不再離開；我知道自己不見得是走得最高、走得最快的那一個，但我確信自己是可以走得最久的。小鯨說，每個團體都需要守護者，而我就像是守護著黑潮的那顆星星。當下我感動得眼眶濕熱，想起了媽媽給我的名字：「耘星」——原來她對我的祝福和期許，就是在黑夜裡，成為人們仰望的小小光亮。

螺肉攤（四）

「欸，海伯！」越俊越熱鬧的蝦肉攤外，走進來幾個膚色黝黑的中年男子，很自然地跟清海伯搭了搭肩，熟稔地打招呼。其中一位穿著酒紅色汗衫的平頭男子快速地掃了我們一眼，揶揄地對清海伯說：「吼，海伯你怎麼跟這些保護海豚的在一起啦？他們都喝水就飽了吶！」見清海伯尷尬地笑了笑，他又接著轉向曾谷善笑著說：「你們是『黑潮』還『白潮』的？哎呦，都是你們一直在那邊保護海豚，現在整海都是海豚，魚都要被牠們吃光了啦！我們漁民都不用吃飯了！」

平頭男子嚼著檳榔，臉頰和嘴唇都是紅的，笑開來牙齒也是黑黑紅紅的，微帶著酒氣；我們還來不及回話，同行另一位方臉條紋衣的中年男子趕緊過來把他帶走：「海伯歹勢啦，這個阿財剛剛在代表家喝多了，不打擾你們抬槓啦！歹勢喔！」說著便將那位平頭阿財帶到旁邊的桌子去，留下面面相覷的我們。

雖然知道那位平頭阿財哥是因為喝醉才來「鬧場」的，但老實說這樣的情況和對話真是屢見不鮮，「因為鯨豚變多了，海裡的魚被吃光了，讓我們沒魚可以抓」的論調，一直是某部分討海人用以理解為什麼漁獲越來越少的理由。當鯨豚在夏天越常出現、目擊率越高，討海人就越討厭牠們；對於黑潮這些以鯨豚調查研究起家的解說員，也就產生了一些不是滋味的複雜感受，有時會在碰面時故意冷嘲熱諷一番。當然，也不是所有的討海人都這樣認為，畢竟是第一現場的生產者，海洋生態的問題和衝擊到底如何，這些靠海維生的討海人最是清楚。

清海伯搖搖頭，安撫大家：「沒事沒事，大家繼續開講……」一邊又起身走到一旁的冰櫃拎了一手啤酒。

「海伯，最近是都抓不到魚嗎？收穫很差嗎？」土匪接過清海伯手中的酒瓶，順勢問了一下。只見耘星和厲心瞬間交換了一下眼神，似乎聊到了什麼敏感的話題。

「唉，現在吼，真的是抓沒有魚啦，很多人最近都不出海了，不夠油錢啊。」清海伯喝了一口酒，故作瀟灑地笑笑：「也老了啦，不討海了啦，把船賣一賣我要退休了。」此話一出全場都停了筷子，一臉嚴肅地望著清海伯。而耘星和厲心看起來是

早就知道這件事了，有點擔心地望著老人家。

「阿海伯，你船賣出去了嗎？」耘星小心翼翼地問。對於討海人而言，船是第二個家，也是在海上並肩作戰的「夥計」，更是海上男兒一展雄風的重要舞台，阿海伯若是賣掉了陪伴他大半輩子的船，以後只在陸地上的生活怎麼有辦法調適呢？「船已經在談了啦，連漁具都一起賣給他，不過你們以後要辦活動還是可以跟我講，我去和他說一下，還是可以用啦⋯⋯」清海伯知道黑潮在推一些漁業體驗的推廣活動，之前都是請他擔任活動的「老師」，以「海洋達人」之姿來為一般對漁業陌生的大眾扮演活教材，教大家怎樣綁魚線、做魚鉤，還跟著他出了幾趟海，體驗「一日討海人」的海上生活。

「阿海伯，沒關係啦！反正您也已經到了享福的年紀啦，夠本了啦！現在你就過清閒一點的生活啊，不用去戰風湧了啦，以後就當我們的專任講師，當年輕人的『討

漁船上架刮去底蚵修補底漆，是重要的保養工作。

海教授』啦！」厲心趕緊安慰清海伯，就怕老人家太感慨太傷心，誰也沒敢問為什麼年輕的阿吉船長沒有接下清海伯的船，子承父業繼續討海。

「我確實是年紀大了，說起來我這半世人都是在海上過的……」清海伯每次喝多了就會開始講他討海的故事，而且一定是從年輕時講起。

第五章

消失的榮光：
海人誌

我是日本時代出生的，身分證上面寫的是「民國二十五年」（一九三六），小學受的還是日本教育，在台北中山國民學校讀了四年，結果讀一年級剛要升二年級的時候就八年抗戰了。避難期間我染上了霍亂，為了要治病只好到台北，但也因為身體不好功課就跟不上，一天到晚被老師罰「站黑板」，後來中學都沒念畢業就開始去南方澳討海。

以前學討海可沒有那麼簡單喔！不是你想要上船就上船，還要抓雞去巴結船長，跟他說：「船長拜託你用我，我跟你學討海，雞給你啦！」那年我才十四歲，一開始學討海是當「海腳」³，要煮飯給船長、船員吃；他們開始吃飯的時候，我要蹲在飯鍋邊，先裝給船長、輪機長、船員，那都有分階級的啦！雖然那時候我阿爸在漁會工作，船主是他，船長也是他聘請的，但我要上船還是得從學徒做起，可不能在那邊當少爺，船長不會跟你客氣喔！他那日本精神喔！一就是一、二就是二，要是裝傻就罵你「巴格野魯」（混蛋）。

就這樣，我跟著在船上討海了幾年。那時候南方澳媽祖保佑，魚很多很好賺，每天船隻都是滿載啊！雖然魚賣得便宜，但還是賺到很有得吃就是了。早期台灣的漁業，不論是在技術、文化、精神上都受到日本很深的影響，海上的工作馬虎不得，因為遠洋漁船航程比較長，動不動就是在海上好幾個月，討海的船員要密集相處，自然要遵循海上的規矩。

我二十幾歲當兵，當時是海軍，經過人家介紹認識第一任太太，她是後壁湖那邊的人，不過就是緣淺啊。結婚一年以後，她懷孕兩個多月，那時候我們在南方澳租房子，剛好遇到七月半，鎮公所的來裝水管，在房子裡面「釘、釘、釘」地敲，釘不到三呎深，我太太就受不了了，那時候家裡沒有人在，她就跑去隔壁喊鄰居幫忙，趕緊帶去羅東聖母醫院，三醫四醫——人若運氣不好的時候，身體這裡好了又換那裡出問題，三糊四糊糊成一團，最後沒能救起來就死了。她死了之後，我想說老婆

3　在傳統漁業腳色分工中，船上的入門腳色、實習生，地位最低的被稱為「海腳」。通常要負擔船上較為繁瑣的工作。

沒了船也沒了，人鬱悶得不得了，就跟我爸媽說：「卡將！卡將！我真的很痛苦，家裡待不住……」他就罵我：「三八孩子，自己的家不住那你要去哪裡？」「讓我出去散散心吧！」我哭著說，他想想覺得有道理，也就同意讓我去，沒有再阻止。

頭一站，我就去基隆當輪機長，在大船上跑遠洋。那個時候我的月薪有一萬四千元，加上分紅，一個月也有兩三萬，錢雖然多，但是在海上沒有地方花啊。每當大船入港，卸魚貨、買賣交易、補給糧食的時候，連續停泊在港邊幾天，船長就會請大家吃喝玩樂，吃酒家、找小姐、賭博、跳舞樣樣都來，到餐廳先給大家吃一頓粗飽，酒家這間吃，吃不爽再換一間，基隆吃到透，人家說「港都」就是這樣的啦！一趟船回來起碼吃三間。那時候的海啊，真的是大，魚也是怎麼抓都抓不完的樣子，那時候誰想得到現在我們的海會有抓不到魚的一天？

跑遠洋幾年，在海上遇到各種你們在陸地上絕對想像不到的事情，偷渡啦、撈過界被菲律賓開槍警告啦、棄船炸沉這些事情都遇過，就這樣好幾年在海上過日子，自己一個人倒也沒什麼牽掛，直到遇到我現在的太太。說起來，我們算是自由戀愛啦！我年輕時候很英俊，在酒家很受小姐歡迎，有一次透過朋友介紹，見幾次面之後她就被我迷住了。我太太是宜蘭人，結婚之後我們很快就生了老大，那時候我還是在跑遠洋，每次出海都是一年兩年才會回陸地，回來的時候小孩子都會講話了，快不認得我；但是為了要養家、養小孩，當船員的薪水不錯啊，只要有魚抓有紅利可以分，生活都還是可以過得不錯。雖然是聚少離多，但是我太太很獨立，拉拔孩子長大，就這樣老二、老三，生到老四的時候，我太太終於忍不住了，每次我出海她都會來港口邊送我，但老四出生之後，她希望我不要再跑船了，跟我說她沒有辦法自己照顧小孩，那一次就不來港口送我。我知道她是認真的，一把鼻涕一把眼淚，所以後來我就決定不跑遠洋了，跟我太太一起到花蓮來討近海[4]，自己買船自己做。

討近海的收入雖然沒有像跑遠洋那麼多，但是至少每天都可以回家，我太太就比較安心，她安心的話，我也比較好過，不會每天吵架，回家還可以有好吃的。在我家

4　一般漁民對遠洋漁業俗稱為「討大海」，對沿近海漁業則稱為「討小海」、「討近海」。

吃飯每天都是山珍海味，我太太對我跟小孩都很用心，很會張羅持家，我問她為什麼每天吃飯都一定有魚有肉？她說大海無情，哪一天我會被海龍王收去她不知道，所以每一餐都當最後一餐在準備——我聽了又好氣又好笑，不知道為什麼又有一點點心酸，但討海人的尊嚴就是在海上啊，如果不去討海，我不知道還要做什麼。

不過這幾年，我的小孩都成家立業了，家裡也比較冷清，討海人是沒有什麼「退休」啦，就是出海少了。反而我太太個性變得比較奇怪，比以前還愛講話，常常看她會講很久的電話，有時候也會聽到一些抱怨。有一次黑潮的解說員小姐小鯨跟厲心來我家，訪問完我之後說要採訪她，我太太開心了，終於有人要聽她講話，她拉著兩個小女生就劈哩啪啦講了一大堆，從她年輕做小姐的時候開始講，然後講我們兩個怎麼認識的啦，講她自己一個人怎樣辛苦帶小孩，我兒子半夜生病發燒的時候她都怎樣揹著小孩半夜跑去敲醫生的門，講到傷心的地方就一直掉眼淚；她還指著我家客廳辦公桌上那塊黃黃的舊膠墊下面那張照片，說要講故事給小鯨跟厲心聽，那張照片我記得啊，就是有一年我跑遠洋的時候，我太太寄來給我的。她帶著三個小孩，手裡還抱著一個小的，母子五人跑去照相館拍照，照片裡我太太穿得很漂亮，頭髮長長的，穿著訂做的洋裝，小孩每一個都像我，從小就好漂亮好英俊，眼睛又大又圓。我太太寄了這張照片給我，叫我不要再跑遠洋了，所以我印象很深啊。但是直到那天，我太太跟小鯨和厲心講說，她當時自己帶著孩子跑去相館拍這張照片，就是要證明我不在裡面，她要把這張照片寄給我，讓我想念他們而且還要內疚為什麼自己沒有跟他們在一起。她要留下「證據」說她以前多心酸多辛苦，這張照片就是要拿來跟小孩證明媽媽有多偉大的。唉，那時候我才知道她心裡苦啊，這麼多年了她也沒人可以說。

所以現在啊，我很疼我太太呀，你看她去電頭髮，穿新衣服，嘴唇抹紅紅，我就隨她去。反正孩子都大了，不用我們操心，那些孩子也沒有再討海了啦，太危險了，我太太不准他們跟我學討海。大兒子以前不讀書的時候，我太太故意叫他跟我出去幾趟，幫我收網抓魚，我兒子在船上暈船暈得不能動，那時候他就嚇到了，回來以後我太太問他：「你要讀書還是要討海？」我兒子就乖乖說他要讀書，討海太辛苦了，沒有人要做啦。後來幾個小孩也都一樣，長大以後都送他們到外面讀書，書讀

得高一些，成就也高一些，在都市裡生活過得比較好。

現在海不好討了啦，除非是他們自己喜歡，不然我也不想讓他們再用命去換。俗語說，「討海行船三分命」，討海人就像是天公伯的孩子，要生要死有時候由不得你。

海上戰風湧

不過我小兒子阿吉就不一樣，他跟哥哥們都不同。阿吉很聰明，從小學東西很快，手也很巧。他出生後不久我就開始討近海了，比較常在家，不知道是不是因為這樣，他從小就有樣學樣，我冬天在岸上補網他也會幫忙，夏天船上架整理的時候，阿吉就跟在旁邊補漆、刮底蚵、調纖維膠，樣樣都一學就會。後來幾次跟著我出海，他不暈不吐，在海上靈活得像猴子一樣，那時候我就覺得這孩子是天生要吃這行飯。冬天，他跟我出海鏢旗魚，我站鏢台的時候他可以駛船，默契很好。我們父

浮上海面曬太陽的曼波魚。

子兩人再加一個助手就可以出去鏢魚了，阿吉眼力好，又是讀機械的，最主要是他有興趣啦！討海這個事情沒有興趣是不可能做的。慢慢我就把一些技術教給他，夏天他也跟我一起出海捕曼波魚，一開始討海收穫還不錯啦，早期那個曼波魚喔，每一隻最起碼是兩個人高，價錢很好；這幾年不行了啦！魚越來越小，太小了我們通常就不會去鏢，但是如果是其他網抓的就不一樣了，這些魚根本來不及長大，連談戀愛的機會都沒有，就可能中網死亡了。

其實，曼波魚以前是很少人在捕啦，因為牠的魚肉吃起來 QQ 的，不太像魚的口感，有更好吃的魚就不會來吃曼波魚。以前抓曼波主要是吃牠的腸子，在市面上賣就叫「龍腸」；後來是海越來越貧窮，那些高經濟價值的魚越來越難抓，花蓮縣政府跟漁會在二〇〇五年開始就辦了什麼「曼波魚季」，很多遊客就這樣開始來玩啊、吃曼波魚啊，一開始很新鮮嘛，又說牠的肉有膠原蛋白，很多女生就很希罕咯！曼波魚被做成枝仔冰、化妝品，而且從那一年之後就變成料理的主角，很多人吃就有很多人抓，我當然也就開始捕曼波魚啦！曼波魚很可愛，牠雖然生活在深海裡，但是有時候會跑到表水層來，側翻讓身體半浮出水面來曬太陽，牠一邊的胸鰭會微微露出海面，所以如果看到海面表層「白白的」，還有「黑黑的三角形影子」的話，那就是曼波魚出現了！牠的鰭翻出水面就可以很清楚看到，一般是夏天的時候會出海去鏢刺曼波。抓曼波的方法有幾種，有的是用固定在海裡那種定置漁網去抓，但我一向都是用「鏢」的。這種「鏢魚仔」的方法，多半是在我們東部比較常見，這種鏢竿我們討海人叫它「三叉仔」，用它鏢魚可是需要技術的，那不是你隨隨便便就會的耶！

要當一個鏢手，除了要能夠穩穩站在鏢台上，還要有辦法舉鏢槍。「三叉仔」的鐵桿有十幾公斤重，每一支有十六米長，看到魚的時候是要單手鏢刺的，準確度不說，首先要舉得起鏢槍啊！不是每個人都有辦法學的，這種技術是從日本時代傳過來台灣的傳統獵捕方法，現在，已經很少人用這種方法，快要失傳了。我的鏢魚技術是跟受過日本教育的老船長學的，到現在我也傳給阿吉，教他怎樣站在鏢台上鏢旗魚，這是很嚴肅的一場對決，聰明又靈活的旗魚是我們最可敬的對手。可惜的是，現在的漁業都已經機械化了，自從大型的網具、起漁機、流刺網越來越普遍之

後，會鏢魚的人越來越少了，加上這本來就是不容易學的技術，捕獲量又不大，很多人覺得我們這些老討海人還在用這種傳統方法很笨，不知變通；但我反而覺得那是他們這些現代人不知道討海的意義──海是活的，她有生息的規律，如果人們不懂對大海的尊重，他們也將失去更多。

人說「討海討海」，跟海掙口飯吃，誰沒有遇過一些無法預知的危險？我們花蓮港討海，大部分是用塑膠筏仔、小型漁船出海比較多，少見度數較大的漁船。平底的膠筏如果遇到不可預期的大浪，隨時會有翻覆的危險；而小型漁船的船底則是尖底造型，切浪速度較快，翻覆的問題小，但是在吹東北季風、長浪頻頻的冬天海上，也常常會有被沒頂蓋掉的危險。尤其在東部，夏天常常遇到颱風，通常在颱風前後出海，船開得比較遠來不及回來的話，那就真的很難預料了。有一次我就遇到這種狀況，那時候氣象報告說颱風要來，我看海況還滿平穩的，海上警報也還沒發，就想說賭一把。開出去的時候還好，就是長浪比較明顯，作業到一半抬起頭看，發現

準備出海戰浪的鏢台和三叉式鏢槍。

天空已經黑掉了，海上風開始吹，我已經來不及收繩子，差一點開不回去。才一下子，風浪就差不多三層樓那麼高，沉下去時連山都看不到了，浮上來時連山上的石頭都看得到，嚇死人了！那時候真的沒辦法，把人都綁在繩子上、東西都釘住，讓所有人都待在船艙裡，全部都封住就對了，那一次最危險，人命差一點就不見了。大海是無可預料的，不一定是因為颱風喔，有時候看著平靜無波的外海，也會猛然一面三層樓高的浪打上來，就好像海嘯一樣，我有一次就遇到，艙門都被浪打壞了！所以你看，誰都不敢說自己很了解海，如果這樣想的話，早晚會出事情。

不過，雖然說大海無情，好像常常聽到很多翻船、暗流之類的事，但老實說這些危險發生的頻率還是跟人的個性有關啦！雖然說「討海無三日生」，出海捕魚只要肯努力學，不出三日就會熟練了，但出海前的準備還是非常關鍵。如果你對大海敬重、做事比較保守謹慎，出海前一定會聽氣象、觀察天候，隨時收聽電台廣播，若氣候不穩定則不出海，自然遇到危險的機率也相對較少。當然，遇到危險是難免

一艘船可以有多種作業方式，圖中討海人正施放延繩釣漁法。

的，所以海上經驗很重要。其實在受船員訓練的時候也都有教，在海上翻覆，如果是膠筏，把筏翻回來就可以了；如果是馬達進水，那就要多抽幾次，若真的故障，就要向附近的船隻呼救，一般來說花蓮這邊是討近海，船的作業範圍都不會太遠，放網的海域也都比較接近，如果遇到事情，討海人都還可以互相照應。像上個月，我往南開到鹽寮那一帶，沿著「流線」（潮界線）放延繩釣的鉤子，放到一半就看到前面一隻膠筏停在那邊，馬達故障了，我也是去幫他把船拖回港啊！大家互相啦。

除了天候狀況跟船隻意外，有時候也有意想不到的突發狀況。我記得有一次也非常驚險：那一趟出海，算是難得的豐收，漁況很好，一趟出去抓得整個漁艙都快滿了，就在整理那些魚的時候，我抓起一尾敲昏的鯊魚，想不到牠還沒死，我的手一抓牠馬上扭身咬了我一大口，當下手臂都見骨了，血一直流不停，船上的衛生紙一包接一包全都紅通通，最後想到用一大坨黃油來止血，那種黃油我們出海一定要帶，有時候在船上機械潤滑的時候也會用。還好有那個黃油來封住傷口，過了好久才稍稍止血，趕緊回航，那一次差點就上天堂了，很驚險。

其實現在的花蓮港，真正在討海的船已經不多了啦，尤其這幾年越來越少，很多人都不討海了！所以這裡的討海人都很熟啊，在海上看一眼就知道那是誰家的船，在抓什麼魚，遇到事情也都會互相照應。有時候，如果一天都沒有抓到魚，我們在海上遇到的時候會「借魚」來吃。像夏天抓曼波的時候，在海上就是到處巡邏啊，等牠出現，沒抓到不會輕易回港的。每次一趟出去都是七八個小時起跳，早上出海到中午肚子餓，在船上煮午餐沒有魚可以吃的時候，我們在海上就去跟比較好的朋友借魚，讓他們丟幾條現抓的魚到船板上來，當午餐吃；將來換他們在海上作業的時候，我們有抓到魚也一樣借他們吃，大家都是討海人，在海上互相照顧，那個情誼是不同於陸上生活的。

無魚之海

上輩子我可能是一隻海翁[5]，所以我這輩子一直都在海上。

我以為自己會這樣一直討海到生命的最後一天，沒想到大海的衰微比我老得還快，這幾年漁獲量日益下降，不用看什麼漁業署年報，那些都不準啦！我們每日在討近海的人，怎麼會感覺不到呢？魚越抓越少，也越抓越小，但是外海那些大船還是沒有節制地拚命抓，這片海沒有魚是早晚的事情，我只是沒想到這一天來得那麼快。

現在每天都在想要不要出海，以前哪有這種考慮？討海人天天出海是天性，但現在出去一趟抓不到魚，油錢是一定要花下去了，也沒有什麼補貼，出海就是一種賭注，很多人就真的是「一天捕魚三天曬網」了，不是說大家不勤勞，而是海太貧窮了，你討不回油錢的本，就不如在岸上賭賭錢碰運氣。討海人即便不出海，也都會聚在港口漁會大樓下面的卸魚區，互相吆喝來玩一把，如果你們有來港口看到我在裡面，千萬不要從後面拍我喔！這樣運氣就被拍掉了——沒辦法，沒能出海的討海人就像是擱淺、無法深潛的大海翁，被陸地困住了。

那些海裡面的海豬仔跟海翁，跟人吃的一樣，你看我們現在抓不到魚了，這些海豬仔也一樣，越來越瘦。我跟那些討海人不一樣，大部分人很討厭海豬仔，因為牠們會搶魚吃，尤其是做放緄[6]的特別明顯，你鉤子一直丟，船往前跑，那些海豬仔就會跟在後面吃魚，放完幾籠再開回來收的時候，繩子一拉起來只剩下魚頭，很多都被那些聰明的海豬仔吃掉了！對於討海人來說，這些「不勞而獲」的海豬仔就像是「害蟲」一樣，跟人搶食物，漁民當下一定是非常無法接受的。所以，在以前這些海豬、海翁還不是保育類沒有規定不能抓的時候，哪個漁民沒有吃過海豬肉啊！還會比較說哪一種海豬仔比較好吃。其實，我也吃過啦，吃起來真的還有點像豬肉，

5　討海人俗稱體型較船隻小的海豚為「海豬仔」，體型比船隻較大的鯨則稱為「海翁」。

6　延繩釣（longline fishing），俗稱「放緄」，是將主釣魚線綁上無線電魚標或訊號燈、旗等，魚線之主幹從數百公尺到數公里不等，主繩下再綁上支繩，支繩下端綁上魚鉤並勾有魚餌；魚餌為秋刀魚或魷魚之類魚肉，放流時間在二至三小時，之後依序收回魚線。

但是腥味比較重，要炒麻油去爆香，把那個味道蓋過去。在以前戰爭時期沒東西啊，海豬仔肉是海邊居民比較吃得起的食物，也是重要的蛋白質補充來源，那時候哪有什麼「保育」，如果說每一種生物都沒有絕種的問題，那還需要特別「保育」？眾生平等，世界的演化不就是這麼一回事嗎？人類也不可能永遠當這個世界的王，這種沒有限度的抓魚方式、那些海岸線上的違法建築，都是逆著天走的──總有一天這些多出來的貪欲，會被大自然全數討回去。

不過，等到人覺醒的時候，不知道還有沒有救。人總是把錯誤怪在其他生物的頭上，就像海沒有魚了卻怪海豬仔一樣。雖然放緄的時候魚被吃掉是真的發生過的事，但這些海豬仔能吃多少啊！牠偷你一條兩條，外海那些大船一次下網大小通吃可是上萬條在抓，再加上抓魩仔也是有影響，那個牽魩仔的網目比一元硬幣還要細小，常常會捕到其他魚苗，一把撈上來煮熟了看起來都是細細白白的，不仔細看還真不知道那些魚苗不只是魩仔。很多魚的小孩子就這樣一起被抓起來吃掉了，來不及長大，莫怪我們抓不到成魚，因為人沒有給魚機會長大呀！我聽黑潮的解說員小姐她們在講，這就叫作「混獲」[7]，其實不止魩仔魚苗有「混獲」的問題，那些海豬仔也常常被放囝仔[8]的網「混獲」喔！那個網纏上了一定死的，每年我看這樣被網子纏住死掉的海豬仔至少上千隻！所以你要怎麼說是誰偷走海裡的魚？那種漁法雖然是早期從日本傳過來的，但是人家現在自己國家幾乎都不用了，咱們台灣討近海的還在用，是我們的政府沒有進步，沒有在照顧討近海的漁民啦！咱們漁會也是一樣，說要「輔導轉型」，叫我們不要再捕魚了去做休閒漁業，可是要做休閒漁業也是有條件的喔！你說我們這批老討海人哪有能力去跟年輕的討海人較勁？說要輔導產業轉型，都還是資本高的船家優先，我們這種正港跟海拚搏的老漁民，只能慢慢被淘汰啦！

7　混獲（by-catch）是指漁夫在以網具捕撈特定魚種時，同時意外捕獲非目標魚種的狀況。

8　刺網漁業是我國沿岸漁村最普遍使用的一種漁法，漁民俗稱「放囝仔」。依照網具的形狀及功能可以再細分為流刺網、底刺網、浮刺網、三重刺網、圍刺網等。「刺網」的漁法原理是將網具張設在魚群的通路上，促使魚類羅刺或纏絡在網上的漁撈方法。其名「刺網」由來源自於討海人稱謂「魚仔竄網」（魚隻刺纏在網目上），「竄」台語發音像「刺」，所以得名為「刺網」。

以船為家四海飄零的外籍漁工，是目前漁業人力常見的來源。

所以你看，現在的花蓮港還有多少討海人在討海？那些黑潮的解說員小姐常常來找我聊天，叫我說故事給她們聽，她們要把討海人的故事記錄下來，還跟我說這是很重要的「漁業文化」，要「傳承」給下一代的台灣人，我聽了實在很心酸。我自小從最基層的「海腳」做起，以前在遠洋討大海[9]的船上，每個角色的分工很分明，你必須要甘願謙卑地從頭學起，用心學習大海給你的知識，在船上的階級跟地位才能慢慢往上升；你的能力「行不行」，是受到船長和大海的認定，不是隨隨便便想要做什麼就可以的。過去那段時間雖然很辛苦，但是那種精神我永遠不會忘記。所以你要說那是漁業的「文化」，我還會覺得有道理，但是現在都沒有了啊！很少看到了。因為現在「海腳」都是外籍漁工啊！自從一九九二年開放外籍漁工進來台灣[10]之後，很多船長寧願節省成本雇用比較便宜的外籍漁工，台灣的漁民慢慢就沒

9　近海漁業為「討小海」，遠洋漁業為「討大海」。
10　1992 年由行政院勞工委員會依據「就業服務法」頒布的「外國人聘僱許可及管理辦法」，開放二十噸以上漁船主得依「就業服務法」等相關規定雇用引進外籍船員，並在日後的相關政策中陸續放寬雇用人數。

有工作了，成了沒有人雇用的船員，到後來很多人都沒辦法，跑去賭博走私啊，為了生活只能涉險，我以前認識的好幾個船員都是這樣。

而那些聘用外籍漁工的船長，和這些語言不通的外國勞工很容易產生口角，我聽說其中很大的問題是那些勞力仲介啦，他們介紹外籍船員給船長，中間抽成抽很兇，他們是兩邊都拿錢耶！結果船長付很多錢給仲介，仲介再扣掉生活費、住宿費、手續費……什麼雜七雜八的項目之後，剩下的錢才發給那些外籍漁工，他們實際拿到的錢很少很少，生活品質也很差。我在蘇澳的時候，曾經看過那些仲介給外籍漁工住的地方，那個真的是很可憐，也難怪他們會心情不好。在船上待久了，如果又跟脾氣比較火爆的船長相處，真的會出問題！你沒有看之前新聞都有什麼海上「喋血事件」，船員把船長殺掉的新聞都有報過，可是你要說那些漁工都是壞人嗎？很多事情沒有那麼簡單，他們在制度上也是另外一種集體的受害者。

現在我們花蓮港比較常見的外籍勞工大都是印尼和菲律賓的，之前也有大陸沿海的，但是現在大陸船員比較多是去定置漁場工作。這些外勞有的也還滿好相處的，跑船之外的時間也會幫忙補網、整理船隻，因為他們的家人都不在台灣，有時候是會比較寂寞一點，看到港口有女生會跟人家吹口哨、用英文打招呼，其實他們沒有惡意，我也曾經跑遠洋，可以理解那種想念家人的寂寞。有時候在港口我也會跟他們開開玩笑，學幾句英文。只可惜，過去那種船長跟船員之間同在一艘船上的「師徒情感」，已經沒有辦法適用於這些船東跟外勞之間，畢竟雇傭關係很明確，這些遠渡重洋的外籍漁工就是來賺錢的，目的不是在學習。

所以黑潮的解說員小姐問我什麼「漁業文化」的故事，我要怎麼說？現在我們的漁業沒有傳承的精神了，討海已經變成沒有人要做的工作，我們的海也已禁不住一再被需索征討，這幾年下來我已經漸漸看透，也放下了，該是退休的時候了。

返航

我太太常說，我不在家是正常的，回家像是撿到的。

不知道這是不是每個討海人的太太都會有的感覺，但是我的確不常在家。早年討遠洋，「回家」是用「年」來算的，沒有走個一年半載，怎麼有辦法賺錢養家？所以「回家」對於遠洋船員來說，是非常期待的大事情，即使是討海人，長年在海上，也還是不能沒有陸地生活的。每艘船在啟航的那一刻，就等同於為返航倒數計時，沒有不必停泊入港的船，討海人終究還是要回到陸地上。雖然每到一個大港，船員都免不了到酒家去「找小姐」，但那是一時的放鬆而已，心裡始終還是會牽掛那個在陸地上等你回家的人。每個人的床位上總是貼著家人的照片，有妻有子的最是惦念，一趟船班出去前小孩子還剛出生而已，抱不了幾次，手勢都還沒練熟，就又要準備出海；然後下一次見到孩子的時候他已經會走路講話，可是卻不認識你——那種感覺很心酸，真的。哪個做父母的會甘願錯過孩子的成長？尤其當孩子見到你時，畏懼地拉著媽媽裙角不給你抱，然後好不容易花幾個月讓他肯叫你爸爸了，你又要出航遠行了。

女人的青春沒辦法補償，她幫我生小孩，自己拉拔孩子長大，等待我回家，我會給她帶上外國的化妝品，給小孩帶新奇的玩具，然後津津有味地聽她講歸暗暝小孩瑣碎的成長史，兩個人笑得停不下來——這是我們的家常樂趣。當然相對地，我在海上遇到大浪時多麼驚險、生病時怎樣縮在船艙上度過，這些事情我不會跟她說，倒不是男人愛面子說不出口，而是不願意讓她在往後我出海的日子裡，帶著焦慮和恐懼度過漫長的等待。雖然聚少離多，但我太太不常埋怨我，她理解我在海上生活的艱苦，也是家裡經濟的需要，所以總是默默等待。等得頭髮都一根根白了，孩子也大了，好不容易她熬過來了，開口跟我說她不願意再熬下去。

所以那一年我們搬回花蓮，買了一艘船討小海，她終於不用像過去我跑遠洋那樣一年又一年地一個人苦撐。我每天出海作業兩次，多半是傍晚出航一次、凌晨再出去一次，在海上待幾個小時回來。但是我太太很奇怪，她還是維持著我以前跑遠洋的

習慣，每次進港都會在岸上等我，幫我接繩子套碼頭。一開始我跟她說不用跑來港口，岸上會有其他人幫忙，她就只是笑笑說習慣了，每天還是堅持要來幫我接繩子套碼頭。夏天是抓魚的淡季，我幫熟識的賞鯨公司開船，她一樣每次出港都站在岸邊揮手，進港就來碼頭邊接繩子。久而久之黑潮的解說員習慣了，也會跟船上的客人介紹我太太，我記得他們會說：「每個成功的男人背後都有一雙推手，我們在岸上的船長夫人就是我們清海船長最重要的那雙手！」我太太聽了樂不可支，有時候她也會有點驕傲地跟別人介紹說：「我怹係船長吶！」她這個習慣一直持續到現在，只是碼頭上從一個人變成兩個人，岸上等待著我回航的，除了我太太之外，還有我的小孫子，對一個海上的人來說，這也許就是最強力的繩結，一種讓我留在陸地上的羈絆吧。

下定決心賣船，也是幾個月前的事情而已。

沒辦法，我兒阿吉雖然有討海的天分，但光靠討海現在是沒有多少收入了，他靈巧的雙手讓他成為一個木工師傅，前幾年他開始做裝潢，收入比出海要好得多。由於他的工做得又快又好，工作接不完，有這樣的發展也是我這個做爸爸的驕傲，所以也就

颱風天前討海人聚集在港區內合力綁船，固定船隻以免碰撞受損。

沒有要他接下我的船，討海太辛苦，到我這一代就夠了。說也有趣，聽到我賣船的消息，黑潮那一幫解說員比我兒阿吉還要捨不得。這群孩子時常來找我聊天，有的還考了船員證，幾次跟我一起出海抓魚，說想要體驗看看怎麼抓魚。我的船現在沒有什麼禁忌，女孩子只要不是月事來、近期沒有參加喪禮，也是可以跟著出海的。最記得有一次，那個很活潑的解說員小姐小鯨跟著我和阿吉去捕曼波，結果在船上暈到不行，吐得稀里嘩啦的。不過這孩子倒也很有骨氣，從頭到尾沒吭半聲，自己一邊趴著吐還沒忘記要拍照作記錄，那天收穫不是很好，曼波魚沒捕到，結果捕到一條躺在甲板的美人魚。

算來也是緣分，我來花蓮討近海之後，才認識阿基。阿基是黑潮的創辦人，他一開始也是漁民，但是很斯文，我對他印象很不錯。後來阿基出書了、變成作家之後，我才知道他會寫文章，接著又創了「黑潮」這個基金會。我再遇到他時，他已經很少討海了，說是在做海豬仔的調查，跟幾個「教授」一起做研究。我是不認識那些「教授」啦，但阿基那個人我是知道的，他有熱情、有自己的原則，對人也很謙虛客氣；他創了「黑潮」那個基金會以後，常常辦活動，好幾次找我們幾個老討海人去「講古」給年輕人聽，又要我們教他們做魚鉤、放緄仔、編浮球，說要記錄花蓮的漁村歷史。於是我幫他介紹了一些以前住在鳥踏石仔村的漁民，這些人以前住的那個漁村現在已經是花蓮港的一部分了，阿基說要做「紀錄」，我就帶他去找這些老漁民。

回頭一想，我認識「黑潮」也有十八年了，據說阿基現在是專門寫書的作家了，常常在台灣四處演講，但是這個基金會還是很有活力，每一年都有新的解說員來加入，我看到這群從各地來的年輕人，覺得很高興。這些孩子和時下的年輕人不太一樣，他們對我們這些討海人很有興趣，常常也來找我問東問西，還安排我幫其他的年輕人「上課」，叫我「老師」。我一輩子從來沒有想過當人家的「老師」，討海一輩子，我就是正港的討海人，中學都沒有讀完，沒有什麼其他的才能，就只會討海而已；但是對漁業，這群黑潮的孩子比我的孩子還要好奇，對我和我太太的年輕故事，他們也比我的孩子還要感興趣。我也就因此和他們說了許多海上故事，又因為他們跟我的小兒子阿吉年紀相仿，大家在一起就像是一家人一樣，我也把他們當成

自己的孩子看待，有什麼幫得上忙的事情我絕對不推辭。這幾年我漸漸老了，很多事情有心無力，也沒有辦法去打拚了啦，就希望眼前這群黑潮的孩子可以去改變一些事情，所以他們每次說要來訪問我，我就盡量跟他們說；對我們這幫老討海人而言，只求以後老到抓不動了，還可以偶爾出去釣釣魚。可惜啊，將來恐怕再也沒有現流的海魚可以吃，只能吃養殖的魚了！每次跟這些黑潮的解說員小姐講到這裡，我就會忍不住流眼淚。我們花蓮的海岸線那麼長，但是卻沒有什麼漁業保護區，前幾年身體還好的時候，我在漁會當幹部，幾番向漁會建議說要上公文給縣政府要求劃設保護區，但是從來沒有人重視我這個意見，我一個人這樣想也沒有辦法，大多數的討海人只顧著眼前吃飽肚子，沒有去想明天——所以說，我們的下一代恐怕都只能吃養殖魚啦，再遠一點，連魚都沒得吃，只能吃水母了。我們這一代人應該要感到慚愧，留給下一代這樣貧窮的大海和這麼棘手的問題。

我有時會想，這海上的因緣，天公伯作主，不過要過什麼樣的人生，卻是人自己的選擇。我們這群老討海人已經是落下海面的夕陽了，就像一艘返航的船，但是眼前這群年輕人的時代才正要開始，剛要啟航就馬上面臨大環境的考驗和危機，大海的挑戰正等著這一代人——他們接下來要討的不是海，而是全人類共同的未來。

螺肉攤（五）

清海伯年輕時討海的故事，一向是百聽不厭的。在場一桌人聽得都恍神了，清海伯還是神采奕奕，誰說他的體力不好？老討海人的生命攪了海鹽，隨著歲月的風吹日曬雨淋，嘗起來韻味濃厚，尤其是他在海上冒險的故事，每次聽都讓我們心跳加快、目不轉睛，彷彿身歷其境。

轉眼間，我們這一桌已經不知道喝了幾輪啤酒、叫了幾盤小菜。夏天的夜晚總是喝得酣暢，因為常在港口走闖的關係，常和討海人們喝酒談天，幾杯酒精飲料下肚總是聊得開懷放鬆。在我田野工作的學習裡，這也是某種建立關係的「交陪」，久而久之，黑潮解說員練就了一身酒膽和好酒量，常常面不改色地喝上幾瓶烈酒，也不至於心志紛亂。

當然也不是每個人天生就有好酒量，就像每次喝酒，清海伯總愛提起當年我剛來花蓮擔任菜鳥實習解說員時的糗事：「小鯨啊，以前最不會喝酒了啦，吼～那一次跟我們幾個船長喝，喝到還站上桌去跳舞吶！」每次一講到這段往事，大夥兒總會附和：「小鯨喝醉酒最誇張！」「有酒膽沒有酒量的代表人物就是她了啦！」當席間有新加入的新解說員，彷彿唯恐天下不知一樣，大夥兒會爭相告知補充：「我記得是二〇〇五那一年，剛好颱風過境，大家到港口來幫忙綁船，繫好船之後就約了船長們到港口的熱炒店吃飯，席間輪流敬酒，向整個夏天最辛苦的船長們致謝，結果那天從中午過後一直喝，喝到晚上沒停過，那家熱炒店冰櫃裡的台啤都被我們喝完了，真的喝光光喔！然後小鯨大概是下午兩三點來的，她就一直敬酒、喝酒、跟船長勸酒，直到喝茫了就站高高開始唱歌、跳舞，引來路人都在圍觀……」好吧，這種時候我通常選擇性地默不作聲，繼續以今日的酒量實力來證明自己今非昔比。

更何況，要說喝酒之後的糗態，土匪一定是不落人後的啊！無論有沒有醉，私下玩起來直率又像個孩子的土匪，總是用最直接的方式來「示愛」，比方說對於一起工作的船長們，他總是懷抱著敬意和某種程度的愛意，在聚會的時候毫不怕羞地在大家面前「熊抱」船長，甚至作勢要獻吻，好幾次下來大夥已經見怪不怪了。「我真的覺得這是一個『團隊』，解說員就像是舞台上的演員，在燈亮的地方接受掌聲，但其實我更希望可以讓大家看到一趟航程背後最大的功臣，那些默默坐在駕駛艙後

面的船長、輪機手，才是一趟航班的靈魂！」土匪總是適時地讓一起工作的夥伴們感受到體貼，也許正是因為長久以來在一個團體中的陪伴和共同成長，讓黑潮人擁有一種性格相迥卻奇異地相互理解，工作起來又默契絕佳地融洽。

所以，雖然說「好酒量」是許多朋友對黑潮人的印象，每天工作過後相約喝酒放鬆、互相打嘴鼓、吐吐苦水，在在都是生活中的一部分，但就像討海人一樣，只要面對工作，沒有一個人膽敢輕忽——海上的工作一有疏失，面臨的可能就是失去生命。討海人不會在船上碰酒精飲料，真正經歷過海上工作的人，面對大海的愛不僅僅是浪漫的抒情，更是謹慎和尊重。

也許，對黑潮人而言，在船上和船長之間的關係、對歷史的尊重以及在海上工作的小心嚴肅，也衍生出了另一種黑潮的海洋文化，透過謙卑的學習和傳承，我們一心一意嚮往成為大海的子民；透過成為「海上解說員」的角色，我們觀照自己的有限與缺乏，如同海浪一般一次又一次地向大海汲取能量，逐步讓生命豐盛完整。

「今年的『潮生活』，辦得怎麼樣了？」酒過三巡，土匪如同以往，思緒跳躍地突然問起。

「每年來的夥伴，都很令人期待啊！」厲心眨著清朗的大眼睛，好像月升時海面上皎潔的月光。

「每年到了夏天，基金會最忙碌的就是這兩個月的活動了，海上忙碌，陸地上也好熱鬧！」耘星認識基金會早，對於夏天的黑潮可說是瞭若指掌，是工作上最佳的救火大隊。

「雖說，全台灣大概只有黑潮還在不計成本地辦這種兩個月的『營隊活動』，不過組織花力氣做這樣的活動，到底有沒有什麼實質或精神上的回饋啊？」說到底，一個非營利組織還是要有幾個比較實際的人，否則應該很快就倒閉了，而曾谷善就常常扮演踩煞車的角色。

「一般來說，對人的投資是最難看到回饋的。」小眼睛攝影師溫鑫悠悠地說，習慣性地抓了抓脖子上的濕疹。

「其實黑潮一向都扮演平台的功能，讓來的人有機會用各自的速度探索自己，這幾年下來我也曾見證某些人的改變。以前很討厭的人，後來若覺得他們還是有轉變，那我就會尊敬他們，因為這真的很不容易。時間是真神，我們是播種者，你很難預料會長出什麼樣的植物來，但這反而更令人期待。」土匪是組織「元老級」的參與者，見證了黑潮自一九九八年創會以來，最珍貴也最難得的堅持與精神，而他的誠實敢言，則是組織裡的一面鏡子，提醒著每個人莫忘初心，並時常反觀自己的侷限。

今晚最後一個說故事者，是土匪。

他一向不拘泥於規則，早已自顧自地說起了故事……

第六章

迷途的水手
終將相見

一九九六年八月十五日，我在花蓮外海第一次遇見虎鯨。

那是一趟海上調查的船班，為了了解東部海上的鯨豚種類與數量，我和當時的「尋鯨小組」成員，在經過好幾個小時的海面搜尋和夏日烈陽曝曬之下，幾乎已經對這趟航程失去了耐心，只想要趕快上岸，一心想的都是我那還等在岸上、不知道會不會跑掉的狗。沒有想到在眾人意志都快被消磨光的刹那，平靜無聲的海面上竟然劃出了一隻高聳的背鰭，接著是一道水霧狀的噴氣。船上的人幾乎同時大叫了起來，那是不可置信的尖叫、是極度興奮的狂吼，還伴隨著眼眶的濕熱——從深藍海面下破水而出的黑白郎君，漆黑的體色如同沒有星星的夜晚，而那塊白色的眼斑則對比出一種熊貓狀的可愛，那是海上鯨豚解說員夢寐以求，哪怕一生只相遇一次都好的虎鯨！而這次遇上的是一個虎鯨家族——在這頭公虎鯨和母虎鯨之間，夾著一隻未成年的小虎鯨，牠們優雅地浮出水面，好奇地朝船隻張望，對於船隻緩慢的趨近並不閃躲，而是輕柔地靠近了我們。

在海上與虎鯨家族相遇，是每個解說員夢寐以求的好運。

作為一個學生物的人，我其實沒有太多物種迷思，與每一種鯨類在海上的偶然相遇，對我都是一段美好的時光；但作為一個平凡人，面對「虎鯨」這種鯨豚家族中的夢幻明星，同時也是當年在台灣沿海極少有正式目擊紀錄的神祕物種，我還是激動地流淚了。那是一種無可言喻的感動，我的欣喜不僅源於我們的相遇，還有牠的不閃躲，帶著全然的信任接近船隻邊緣，那樣的距離幾乎是觸手可及的靠近──那一刻，我們之間沒有語言，卻如此深刻地感受到彼此的連結，那是我永遠無法忘記的感動。為著如此純粹的相遇與信任，以及那相遇瞬間過於豐盛的美好，我坐在船頭嚎啕大哭了起來。

那之後，每年在海上解說，帶著來自台灣各地的朋友出海，我都會和船長開玩笑說：「走吧船長，我們去找虎鯨！」彷彿我們是一支海上探險隊，曾經闖入桃花源之後，就再也忘不了那刻的飽滿，以致日後總還是想要依循著通往美好世界的入口，只盼能夠再次相遇。相較於人，我的朋友更多是動物，人的世界過於複雜，充滿了利益的算計，讓我常常想要逃離。不諱言，我並不是一個很能適應主流社會的人，雖然是在台北眷村長大的小孩，但比起城市裡的生活，我更習於自然，在那個海闊天空的野外，有我嚮往的自由，和一般人無法理解的「安全感」。雖然未必跟從小的經驗有關，但有時回想今日的自己為何走向「帶自然體驗」、「不用每天打卡上班」的道路，還是會觀察到命途中充滿了隱喻和可供追溯的線索。

從小，父母的管教讓我一度生活在極大的壓力和恐懼之中。比起其他同齡的孩子，我似乎有明顯注意力不集中的問題，加上協調性不高的肢體，讓我常因為碰撞而打破碗盤瓷杯，或有打翻水、摔跤絆倒等狀況，不時受到父母的責備和要求。於是，在過度警覺的小心與謹慎當中，我時時感到困窘。父母過度靈敏的警覺心成功防堵了許多可能的「麻煩」，但也無形中為我設置了一個時時刻刻被監督、過度緊張的成長環境。因此，我舒壓的窗口反而是遠離人群，常常一個人在復興北路眷村的幾棵大榕樹上攀爬，倚坐在樹上，一待就是好幾個鐘頭。

我對自由的渴望投射在鳥兒身上。我總是一個人靜靜地在樹上觀察那些小鳥，聽牠們呼朋引伴似地自在鳴叫，有時會目睹牠們爭奪食物，幸運時還可以觀察母鳥哺育

幼鳥。對我而言，動物是至為親切的朋友，相較於人類，牠們並不複雜，所有的舉措都是關乎生存，直接且絕對。正因如此，與牠們相處相對安全，彼此之間是用「心」在溝通，我並不會畏懼被傷害，反而可以無條件地付出信任與愛——而這是在與人類相互對待中很難保有的情感。

我算是很早就認識黑潮，說來也和動物有關。當時是因為協助鯨豚研究、做野外調查，早期台灣對於野外鯨豚有研究的人並不多，所以能有機會出海去做第一手的調查記錄，讓我非常興奮，也因此選擇留在花蓮，從二○○一年開始正式搬到花蓮居住。當時的黑潮，在組織架構上還非常原始，一群想要做鯨豚研究的人聚集在這裡，儼然就是所謂的草創時期。不過人是很複雜的動物，當一群人之間產生利益關係的時候，就會變得有點髒，一切都會變調，讓我不太想碰。還好，這個組織還是有一些純粹的人堅持下去，在後來幾年的發展下慢慢長出自己的樣子，這也許算是一種幸運吧。對我而言，一個人的身、心、靈之中，我最在乎靈魂的完整度，我可以為了夢想餓死，但卻沒有辦法接受靈魂受到一點折損，如果有那麼一天，現實生活中面臨靈魂不得不受逼壓的困境，我會選擇隨時結束生命。

曾經有段時間，我被經濟壓力逼得幾乎向生活屈膝。我記得很清楚，那種感覺，是連吃一餐飯都要算得很仔細，已經到了「哪一餐吃超過一點點預算，就沒有錢吃下一餐」的地步。當時，一個多年好友來花蓮找我，我帶她去吃飯，事前還先跟她確定說是各付各的，還要選擇一個合乎我預算的吃飯地點，我的朋友當時很體貼地說她請客，但我覺得不應該這樣，結果就在那裡僵持了好久。那種因為貧窮而導致的困窘，是生活裡沒有一點點享受的餘裕的感覺，就連夏天在路上看到冰店，好想進去吃一碗冰都要站在攤販前面躊躇許久，掏出口袋裡的零錢來算，每一塊錢都是欲望跟現實的拉扯。當時我被這種貧窮感折磨得幾乎要失去了尊嚴，就在冰店前面哭了出來，常常在晚上哭醒就問自己，為什麼我要來花蓮？其實在台北生活的話，我是有一些人脈跟資源的，那段時期好幾次都有很不錯的工作機會，但我都沒有動搖過，因為我很清楚我無法在城市裡過那樣的生活。我沒辦法接受上下班規律的辦公室人生，如果因為貧窮而必須迫使自己去過不喜歡的生活，我真的寧可去死啊！

這麼多年來，雖然每次小鯨都會介紹我是「元老級」的黑潮人，但我其實沒有刻意和黑潮保持穩定的關係，只是因為喜歡鯨豚、想隨時出海，決意生活在花蓮，所以也就和黑潮維持了某種程度的關聯性；雖然曾經在基金會當過領導者，但老實說，我對黑潮這個組織並沒有多強大的使命感，畢竟我對於「人」組成的世界並不那麼感興趣，比起長時間與人相處，我更願意泡在野外做調查研究，或撿回路殺動物來製成標本──我相信生命的本質趨近虛無，而萬物自然生滅所顯影的美，讓我流連忘返。

話雖如此，但相較於其他組織，黑潮的確是不太一樣，就像是一個文明國度裡的原始部落，擁有自己獨立的歷史敘事、信仰與文化──某種程度上，「黑潮人」可能更近似於一種血脈，那些散落在世界各地的血緣，一旦受到召喚便會甦醒過來，然後翻山越嶺來到這裡，最終匯聚為一。作為一個跟這個組織保有十八年以上聯繫關係的「見證人」，我不由得承認這群人之間隱微卻又鮮明的關聯性，那可能是海洋、是鯨豚、是價值觀，更可能是一種共構出來的生活方式。

有時候我會想，如果沒有「黑潮」這個組織、這群人、這個平台，世界會不會不一樣？答案當然是不會。一點「創造收益」的價值都沒有的小小 NGO，如同點在燈火通明大賣場中的一盞小蠟燭，在別人燃燒地球享受便利的時候選擇燃燒自己，堅持發出原始人一般的微光，在主流社會中的存在感的確是不高。

但是，如果沒有了這個團體，我相信很多人應該會感到非常、非常寂寞吧。

潮闖相會的海漂種子

「欸，土匪！你覺得黑潮的人有什麼不一樣嗎？」小鯨有一次問我。「嗯……沒什麼不一樣啊，大概就是……比較不甘於所謂的『正常人生』吧！」該怎麼形容黑潮人呢？這不是一件容易的事，大概有點像是要你在一堆混在一起的菜籃裡面分辨出「有機蔬菜」還是「傳統農藥施做的菜」，若沒有一些標籤說明「產銷履歷」的話，可能很難理解為什麼要用貴一倍的價格購買賣相沒有那麼完美的菜？比較起來，黑

潮人跟其他人根本上的不同，大概是「耕種的過程」和「生長的方式」吧。

　　我覺得，可能相較於追求「平穩」、「美滿」的人生，黑潮人會比較願意挑戰「自我價值實踐」的生命歷程，即便那樣的道路充滿了崎嶇與荊棘，也不會想挑安全的路走。換個角度說，其實「黑潮人」並不是本來就存在的一個群體，而是因為物以類聚吧？人跟人之間本來就會互相參照、影響，有些人順著社會給的答案去作答，答得好的人就考高分，擁有的社會資源和地位相對較多；有些人則根本不想參加這種比賽，或者是比賽到一半突然覺得：「我到底為什麼要報名啊？」突然醒過來之後，發現好像有另一群不想參加比賽的人也過得好好的，就覺得人生也不是只有一種模式。大概就只是這樣吧！其實沒什麼特別的，只是在這群「因為不同，所以相聚」的人之中，我們感覺到一種對生命的自省和誠實，這在這個世界裡顯得較不容易，所以會因此感覺靈魂似乎散發出些許不同的光芒。在黑潮從來不用擔心找不到可以一起談「夢想」的夥伴，許多看來天馬行空、不切實際的夢，在這裡都不會顯

行走於海岸邊緣，聆聽海洋的故事。

得荒謬，而是充滿了無限的可能，就像是一個聚集了夢想的平台，大家帶著微光互相靠近，也是一種同溫層吧。

當然不是每個人都那麼討人喜歡，哪有一個團體是裡頭所有人都可以和諧共處的呢？根本上就不可能，那麼鄉愿的人在這裡反而可能待不下去。本來就是這樣，有時候我覺得黑潮的人，就像一顆顆海漂種子，來自不同的植物母體，有著不一樣的生長史和原生樣貌，有的帶刺，有的會傷人。但在歷經從母體脫落之後，每顆海漂種子都預備了一個堅硬的外殼，隨著河流、潮汐、雨水沖刷入海，經過長長的漂流，也許是大半個人生的載浮載沉、也許旅行了好幾個國家卻始終無法落地生根、也許好幾度屈服於主流價值，強迫自己順應他人的期待，過著別人眼中無疑義的人生、也許是正在前往夢想的路上，想要尋求一點點勇敢的力量……這些海漂種子在茫茫大海中漂泊過好幾個大浪，一同仰望著夜裡流星劃過的星空，終於來到了同一個潮界線，蜿蜒曲折地相遇，好奇觀察著彼此外在的硬殼，然後聽見包藏在殼裡面那顆柔軟清澈的心。「我們應該可以一起長出點什麼吧？」漂流種子們在偶然相遇之後，也會覺得自己並不孤單，開始期待那些「共同」的可能性。

每一年，我看著來到黑潮的新夥伴，彷彿看到一顆顆內在美麗的種子，他們有時並不知道自己有沒有機會落地生根，甚至帶著不安，對未來茫然。他們隱約覺得自己追尋的方向沒有錯，卻又得花極大的力氣對抗主流的期望，鼓起勇氣追尋夢想，卻又常在午夜夢迴餓醒，或被「沒有錢吃飯」的噩夢壓逼，內心不斷對自己提出批判和質疑。當然也有些奇形怪狀的種子，有著自己莫名的堅持，以致難以與世界相處，也有些始終囿於自己的畫地自限，好多年都走不出來的，還有些根本無法跟別人好好共處一室……有些人我一開始其實並不看好，黑潮吸引了各式各樣的人聚集，有些人適應不了這個基金會的體質，一個夏天之後就再也沒有回來。像小鯨，剛認識她的時候是一個蹦蹦跳跳的小女生，從西部來，個性也很衝撞、很自我，誰知道她後來就這樣留在花蓮了？然後隨著時間過去，你發現她長大了，那種長大是懂得不再只以自己的角度看世界，她懂得讓自己變成一個溝通者和行動者，這是我一開始不曾想像過的改變；曾谷善也是啊！我認識他的時候就覺得他根本是個生意人，可能是因為他對事情跟對人都用一種「經營」的方式在來往吧，但後來沒想到

他讓這個組織有了一些規模，也建立了一些秩序，這方面我還是肯定的；然後像溫鑫啊，一開始我覺得他就是個花錢不知道痛的紈絝子弟，但是後來也看到他即使歷經一次次的失敗，卻始終沒有放棄自己要做的事，很努力在爭取被看見的機會，這些不為人知的努力還是有讓我改觀。這些人一次又一次地回返，在來來去去之間也長成了和一開始不太相似的樣子，還有一些始終待著、從來沒有離開的，卻在每一年的參與中逐漸改變、調整，跟著這個團體一起成長，未曾離棄，時間拉長一點來看就看得出生命的變化，這些都是我覺得這群夥伴可敬的地方。

相對來說，我覺得對生命沒有疑惑的人是無憂的。因為沒有懷疑過物欲橫流的追求、沒有反思過生產過剩的價值、沒有擔憂過環境浩劫的明天、沒有因為價值觀衝突而產生過不快樂的感受，所以也就沒有對於生命本質虛實的探問、沒有對於過度消耗能源產生的愧疚、沒有對於自己是否被世界以低價收買了的衝擊。因此，對於那些質地很美，但因為年輕，還在苦苦追尋、茫然掙扎的生命，我總是給予最大的信任與支持，正因為自己曾經走過那樣的日子，更能體會內在煎熬的痛苦，因而感到不捨。對於那些曾經讓我感到不安和討厭的個體，我也願意讓時間證明他的改變，在日後一次次修正對他們的態度和看法。事實上，黑潮的每一個人，都曾經是尚未綻放的花，經歷過年少時的迷途困頓、舉棋不定的選擇、茫茫人海中與真愛錯過的遺憾、情感的錯待……等等，種種生命的挫折與框限；他們的意志都曾被困在含苞的痛苦裡，無法自由伸展，而那些辛苦的過程如人飲水，不足與外人道。然而，每一個握緊雙拳獨自度過的夜晚、每一道綻放前緊縮扭曲的靈魂褶皺，無時無刻不在期盼總有一天能夠舒展開來，最終長出屬於自己的樣子。幸運的是，這些站在黑暗邊緣向下探望的生命，終於漂流至太平洋海濱與我們相遇，遇到了一個願意停留的潮閾。

坦白說我不是一個容易跟別人處得很好的人，對人的第一印象如果不好，我也會保持距離；但隨著時間過去，我開始覺得自己也有些變化：比起以前的自己，現在的我比較願意花時間跟人溝通，因為我並不是要跟世界對抗，而是想把一些想法傳達出去，這種情況下，我自己就會試著去找方法。再加上這幾年，我在台北帶孩子們做自然體驗的課程，很常面對的是家長出於「安全」的顧忌，從而為孩子設下一道

又一道安全的網，以確保自己的心安。每一次的課前溝通，我都希望家長可以先克
服自己的恐懼，不要用大人被馴化的腦袋去控制孩子適性發展下的創造可能——如
果一個孩子因為喜歡爬樹而跌倒了，為什麼要剝奪他去經驗冒險的快樂和評估風險
的學習？有時，面對家長比面對孩子還要困難許多，有時我也會因此而感到沮喪。
我告訴這些家長，因為看過花開的樣子，所以我知道花終究會開，我會願意等待；
因為自己也曾經是一朵等待綻放的花蕊，所以我相信每一個生命總會找到適切的時
機，綻放出最自在的樣態。

> 在藍天深處
> 就像在海底的小石子
> 日間的星星，沉落著等待夜晚的來臨，
> 在我們眼裡是看不見的。
> 雖然我們看不見，但它們存在著。
> 有些事物看不見，但存在著。
> 枯萎散落的蒲公英
> 靜靜地藏在屋瓦的隙縫裡
> 她堅強的牙根，等待著春天的到來，
> 在我們的眼裡是看不見的。
> 雖然我們看不見，但它們存在著，
> 有些事物看不見，但存在著。

——金子美玲，〈星星和蒲公英〉

這是我很喜歡的日本童謠詩人金子美玲寫的童詩，有時候我會在船上朗誦她的詩，
帶孩子進行自然體驗的時候也會帶孩子一起讀她的詩。這首〈星星和蒲公英〉是我
常念的，我很喜歡她用自然的感受來敘述那些看不見的事物，很接近靈魂。我不喜
歡把人談成英雄，因為那並不真實，更接近真相的是：每個平凡的人，心裡也許都
有一些不平凡的東西，那可能是看不見，但卻真實存在的；而黑潮，可能只是比其
他人都更願意等待這些不平凡的東西吧。

追彩虹的人

那是一個雨後的夏天，我騎著車在城市裡穿梭。剛下過雨的台北天空仍然是灰灰的，但隨後在雲層裡透射出一道日光，照射在雨後仍然霧濕的空氣中，在城市裡形成了一道彩虹，橫越了 101 大樓建築群的上空。我停下紅綠燈，不經意看見那道如同天啓一般的彩虹，心中感染了一種愉悅的心情。當綠燈亮起時，我忘了原來的目的地，就朝著那道彩虹的腳邊追尋而去。隨著天邊雲彩和日光的變化，彩虹越來越不明顯，但我沒有絲毫想要停止或放棄的意思，仍舊奮力地穿梭過大街小巷，追隨著天空中那道七彩的圓弧。我想要到有彩虹的地方去，那是一種單純的想望，毫無動機可言的追隨，在那一刻我的心靈是美的信徒，帶著某種不畏迷途的奮不顧身。

最後，我沒有抵達那道彩虹，城市中太多的紅綠燈與車陣，讓我無法順利達陣，在太陽冒出臉之後，彩虹終究也是瞬間消失了，但我並沒有因此而感到遺憾，因為知道自己用盡了全力，在追尋的過程中淋漓盡致地燃燒心中那純然的想望，我喜歡那樣的自己。現在回想，當時雖然是一種很個人的隨性抒情，卻隱約示現了我的處事性格，一種可以為美殉道的投身。

我喜歡黑潮，也許是因為這個組織裡的核心參與者也都有著這種追尋彩虹的傻勁，即便面對轉瞬即逝的吉光片羽，一旦觸動了心裡的想望，便有一種奮不顧身的投擲。在這裡，我找到了一起追彩虹的夥伴，在一次又一次共同帶領孩子走向自然的課程中、在每一趟夏日船班上，重疊交會的藍色解說員背心身影中、在掌舵者和海上帶領者共有的節奏中，我們之間建立了無可取代的默契，展現在每一次眼神交會的語言銜接、每一次船隻靠岸時完美的拋繩接繩手勢、每一次在海上與鯨豚互動的節奏之中，那順暢的感受如同和諧的樂團，共同唱出一首屬於海洋的歌。

當然不諱言，會讓我不斷回返這個組織的主因，絕對是「鯨豚」。我喜歡海豚，喜歡在海上與牠們相遇的感受，也享受透過麥克風將自己的所知所感傳達給船上朋友的感動。那不單只是知識面的傳達，更多是對於環境理念的布道、是對海洋和鯨豚

悠遊於藍色國度的海中精靈們。

那份癡愛的感染、是重新領略感官和視野的引領。那和陸地上的解說是截然不同的
概念，在海上的解說，由於船隻空間的侷限，遊客自主移動的自由度相對被縮小
了，無法「離開」解說員所在的範圍，對於解說員而言是更完整的場域，可以從頭
到尾規劃一套非常完整的解說內容，解說員在海上變成了一個導演，可以完全地發
揮創作，而不用擔心旅客中途離開；相對於陸地上的解說，海上是旅客無法自行抵
達的場域，在陸地上人人都可以被置換的帶領經驗，到了海上，則更倚重解說員的
經驗──一尾飛魚被浪激起連續滑翔了好幾個漣漪、一條水針魚受驚劃破水面、一
隻隨著波浪起伏的穴鳥臨海自照、一道噴氣自海面上升起……遇上這些對初次出海
的旅客而言驚奇又無法辨識的海洋線索，解說員都可以信手拈來一段關於達悟民族
的神話故事、一段東部漁業捕撈史，或者是一則關於深海鯨魚的科學報導。當然，
隨著船隻在海上移動，透過由海洋回望陸地的另類視角，還有緊隨在側的海岸山脈
或中央山脈，解說員們透過麥克風，有時朗誦一首關於山脈與海浪的詩，有時輕輕
地哼唱，有時什麼都不說，讓整船的旅客靜聽從鯨豚氣孔中噴出氣體的聲音。

165

在海上、在船上，一個海洋解說員對待旅客的態度是先從「朋友」做起，而不只是一個「聽眾」——一切的一切，都是從「分享」出發。透過這樣的帶領，讓喜歡大海、喜歡鯨豚的大眾能夠藉由獨一無二的海上經驗，去感受自己與環境之間的關聯。因為感受到大海母親和萬物生命的美好，進而能夠關注環境受到的威脅和挑戰，接著透過海上經驗與自然建立起的連結，開始從自身的行動逐步改變，這便是海洋環境教育最終的引導：讓接觸者也能夠成為有行動力的海洋公民。正因為「黑潮解說員」在海上工作中獨立且多重的角色，要能夠符合黑潮核心理念，成為帶領海上環境教育船班的行動者，需要經過組織內部的重重考驗。二〇〇〇年開始，黑潮幾乎每年都投注大量的心力在進行「解說員培訓」的工作，開放大眾報名參加，除了要經過三個月的基礎知識課程訓練和海上的實習航班，還需要通過嚴格的「解說員鑑定」；能夠進入鑑定考試階段的實習解說員，必須在同年度通過三個鑑定航班、三個陪伴航次之後，才能夠開始獨立帶船。也正因為如此「高規格」的解說員鑑定規則，即便每年都有四十位以上的人士報名參加培訓課程，最後能夠順利通過鑑定，成為黑潮解說員的夥伴，自二〇〇〇年以來也僅有四十位。每當有朋友對於「如何成為黑潮的解說員」感到好奇，隨口詢問的時候，我的說明總是讓大家瞠目結舌。

當然，這種無法量化也無法標準化的解說鑑定，在過去也常被鑑定者詬病，甚至有環境學院的研究生以黑潮的解說鑑定為論文題目，最後給了「黑潮的標準就是沒有標準」類似這樣的結論。這讓我想起一次在海上不是很愉快的經驗：那是一趟非常舒服的航班，船上的遊客狀態也很不錯，大家顯然對航程十分期待。天氣很晴朗，生物也很豐富，一路上飛魚、海鳥都陸續出現，一群站在一樓船頭的遊客對於站在三樓瞭望台持續搜尋海面的我非常有反應，每當講到有趣的經驗大家還會回頭來看著我笑。有時候人與人之間的對話其實不一定要一來一往，從對方的動作和眼神是可以感受到對方對你的信任和反應的，也因此我在這趟船班上「玩」得滿開心的，就在航程中間，一群飛旋海豚出現了！如同一齣戲的高潮，這群大數量的飛旋海豚盡情地衝到船邊跳啊、扭的，遊客都瘋了，大家尖叫的尖叫，拍手的拍手。每逢這樣的時刻，我其實並不急著介紹這些鯨豚的物種名稱、體重和生態史，因為回程還有一個半小時的時間，可以讓我們慢慢回味、慢慢聊，但當下人與野生動物無預警

的相遇，那樣的興奮、震撼是最直接留在心裡的，我習慣在那段時間「留白」一下，讓船上的朋友聽聽牠們噴氣的聲音、去感受水花飛濺的狂野，並且也可以趁機拍照，留下與牠們難得的邂逅。航程結束之後，原本已經心滿意足地去船公司還望遠鏡準備回家，想不到被船公司的經理面色凝重地拉到一角，告訴我說剛剛船上有兩個「環境教育評鑑人員」，他們對於我的解說有意見。回頭看看船公司角落有一對男女穿著名牌的戶外用品衣服，正拿著紙筆做「評分」，我走向前去：「我是剛剛那班船的解說員，請問你們有什麼需要我說明的部分嗎？」只見男性評委抬起頭來，面帶專業威嚴地說：「剛剛遇到海豚的時候，你為什麼沒有馬上說明那是什麼物種？」我一開始耐著性子解釋：「我覺得當時船上的氛圍並不需要馬上介紹科學知識的部分，反而是情意的感受，是在戶外活動體驗最重要和直接就可以體現的部分，而那些感受在當下是可以保留給旅客的……」話還沒說完呢，另一位女性評委已經插話：「還有，你們剛剛遇到的是『海豚』，但是這個活動是『賞鯨』，你們會不會有誤導民眾的問題？」聽完這麼「專業」的指教，我已經耐不住脾氣了，有點不客氣地說：「你們……真的懂什麼叫『解說』嗎？你們剛剛提的這兩個問題都很淺薄耶！首先，環境教育的目的是什麼？如果只是名詞上的認識和釋義，其實在課本或圖鑑裡講得就很清楚了，一個解說員不是要給硬背、死背的知識，而是能夠在過程中引導感受，增加人與環境的互動；另外，到底是賞鯨還是賞豚，這個概念一開始在行前解說就已經透過生物分類學講得很清楚了，你們跟完一趟船還沒有抓到鯨豚的科學分類，還停留在用俗稱檢驗科學的階段，你們是沒有別的建議可以說了嗎？還是說你們認為的解說教育只是背誦跟模式化的表演呢？」說著說著我已經坐不住了，「這種刻板生硬的教育早就過時了！教育是以人為本的活用知識，我們的教室在海上不是在課本上，我們的老師是大海而不是人的權威，今天你們要用評鑑制度來看我們的解說，還是省省吧！」說完我頭也不回地拂袖離去，只留下兩個被驚呆了的環境教育評鑑人員。

這件事情後來在黑潮的解說員群組裡引起討論，因為這一套別人用來檢視我們的「標準」，也同樣提出了我們如何「標準化」組織內部的解說鑑定制度，但後來我們還是傾向維持部落式的決議方法，用我們自己的語言和體質，去驗證加入團隊的夥伴。我承認，這樣的鑑定制度完全是出自於一個組織的主觀判斷，若要求所謂的公

身著背繡黑潮標誌的藍色背心，海上解說員自詡為海洋環境布道師。

正客觀，恐怕不是我們追求的目標。相反地，我們想要尋找的是與我們氣味相投的
夥伴，其中包含人格特質的審視，那當然並不客觀。對於想要透過所謂「環境教育
認證機制」來收編我們成為國家認證的解說人員，就好像是漢人無視於原住民的部
落文化，要用僵硬的行政法規來將土地和山林標準化一樣，要用國家機器的思維統
治最早生活在這片土地上的主人，對我們而言是本末倒置的做法。由於成為黑潮解
說員並沒有什麼實質上的認證意義，它並不代表某種證照或資格，而只是代表你受
黑潮所認同，與部落的老人家願意帶一個白浪漢人進入傳統領域去狩獵的意思是類
似的：那只表示，你被一個群體所接納了。

「你們投注了那麼多人力與時間成本，但是解說員的產量那麼少，『划算』嗎？」有
同樣在 NGO 工作的夥伴曾經這樣問過我。

「如果要那麼在意『績效』，那去做商業就好了，幹嘛要堅持做非政府、非營利組織？」我也不客氣地說，對於黑潮而言，相信非主流教育對人產生的改變，種下的種子無法預期能夠綻放到哪個盡頭，但所有走過的路都不會白費，那是無可預期的等待，聽起來也許不切實際或過於浪漫；但正是因為這樣的傻勁，簡單而堅定的態度，為我們帶來同頻的夥伴──在海上一群穿著深藍背心的「黑潮解說員」，是我願意交付信任、並肩追尋彩虹光影的逐夢之人。

每當新的一年到來，我們總期待夏季過後，會有新的夥伴穿越重重考驗，穿上那件繡有「黑潮海洋文教基金會」字樣及大翅鯨尾鰭的解說員背心，成為「黑潮解說員」的一分子。這件深藍色的背心無論在海上、在陸地上，都代表黑潮的理想與解說員的榮譽。某個程度來說，「黑潮解說員」這個群體呈現出來的氛圍，已然詮釋了何謂「黑潮人」、「黑潮文化」。雖然以海上的年資來看，我在黑潮解說員之中可以說是草創時期碩果僅存的老骨頭了，但我一直都認為，「資深」不是一種權力，而是一種「壓力」。正因為相對於鯨、海洋以及這個世界，每個人都如同初生的嬰孩，沒有人是絕對的「權威」，我們未知的永遠比已知的多；也正因為對於大自然無限偉大的探索，對巨大未知的熱切追尋，我們才得以不斷地受好奇心驅使，去發現、實驗、記錄、下田野，去找尋和創造新的認識──世界上多少偉大的發明是源自無止境的好奇！而這也是我們在海上工作最美好的一部分。因為我們有機會去到海上，比大多數僅透過書本閱讀、聽聞轉述，只習慣在陸地上生活的人們，更多了實際經驗大海的機會。透過感官的開展，去閱讀、理解這片大海要傳達給我們的訊息；透過發現和紀錄，去收穫這片大海賜予我們的豐美；透過那些深入肌理、對於海洋的認識和感動，去消化成自己的一部分，直到有一天真正能夠順暢地表達那些所謂的「知識」時，也千萬要記得不被自己的認知權威所圍限，否則就會變成一個無法成長的解說員，最終雖面向大海，卻失去了感受和傳達的能力。所以，在解說員鑑定的時候，我們常常會勉勵鑑定者：真正的考試不是這三次的解說鑑定，而是在通過鑑定，真正穿上那件藍背心之後，成為了黑潮的解說員，考驗才真正開始──最終你面對的是大海的浩瀚、是內在自身的探問，沒有快速抵達的捷徑，也望不見盡頭。

聚是火，散是星

夥伴小鯨告訴我，她第一次真正接觸到海豚，是在台南的四草擱淺救援中心：「我是文組的啊，跟你們學生物的不太一樣，我人生第一次看到真正的『鯨魚』是在大學時期。我記得那是一個台南燈會的前夕，我在 C 大的 BBS 看到山社朋友轉貼過來的消息，說有一群鯨魚擱淺，現在在四草的鯨豚救援中心復原池，急需志工幫忙『扶海豚』，我和室友就相約想到現場看怎麼幫忙，我們騎了好久好久的車，路上車陣都是湧向安平港一帶，準備要去看燈會的人潮，只有我們就這樣一路騎過壅塞的人潮，轉進四草大橋後進入暗摸摸的鹽田區域，好不容易騎到那邊都要天黑了。我和室友一停好車，就看到一群穿著青蛙裝的人蹲在建築物旁邊，圍著一個黑摸摸的東西，氣氛很低迷。我們趨近一看，原來是死掉的鯨魚，我第一次看到真正的鯨魚，但讓我印象更深刻的，是那群如此悲傷的人，他們看起來非常疲憊，但蹲在那邊為鯨魚默哀祈禱的樣子卻如此真誠。」小鯨瞇著眼睛，彷彿正從記憶深處撈出什麼重要的東西。她喝了口茶繼續說：「接著，我們走進鐵皮搭建的建築物裡一看，裡面一個好大的游泳池，有其他穿著青蛙裝戴口罩的人在池子裡面，雙手圍抱著還沒死亡的鯨，在池子裡一圈圈繞著。旁邊的人解釋說那隻剩餘的鯨無法平衡身體，必須要有人二十四小時抱著牠，維持氣孔在水面上持續換氣，才不會嗆水死亡。因為必須二十四小時抱著一個龐然大物，手都不能縮，我看大家的手臂都是蚊子叮咬的紅豆冰，但還是咬牙苦撐著不敢亂動。我和室友當下就也換了青蛙裝下去輪替，有點緊張地接觸那頭受傷的鯨，那是我們第一次接觸，卻是如此性命攸關地緊密，讓我感覺好奇異。那天晚上我們交替著抱了那頭受傷的鯨一小時，抱到兩個人都『鐵手』了，手臂肌肉完全僵硬，就這樣騎四十分鐘的車回 C 大。當我們再一次經過台南燈會的擁擠車陣時，我無法停止地想，這是兩個平行世界嗎？在同一個時間裡，大多數的人裝扮華美趕赴一場華燈初上的約會，但卻在同時，有另一小群人在不遠的地方與另一個即將逝去的生命悲戚與共，真的是一瞬恍惚啊。」

「那是什麼鯨？」我聽完的重點只想知道是哪種動物擱淺在台南。「我剛開始看不知道，完全沒概念，就覺得牠黑黑的、長長的，有聽報紙上寫說是什麼虎鯨……」小鯨歪著頭想。「虎鯨？不可能吧？應該是偽虎鯨或是小虎鯨吧？」我繼續追問，如

果擱淺的是虎鯨，那這個新聞應該就會上頭版了吧。「那是一個我還分不清楚虎鯨跟偽虎鯨的時期好嗎？當然我現在一回想，一定不會是虎鯨啊，應該是偽虎鯨比較像。」小鯨斜斜地白了我一眼，接著說：「哎呦那不是我要說的重點！」「那不然重點是什麼？」我一時找不到重點。「我要說的是那群人！還有平行空間的事！」小鯨翻了翻白眼，我發現這是她很常有的表情。「我不懂，他們為什麼是重點？」我還是不解，我一向比較關注的確是動物不是人。「那是重點啊！那是我第一次感覺到這個世界有另一群微小卻更接近生命本質的人存在，讓我突然間有了勇氣，覺得自己不是太孤獨。因為我總是覺得跟都市人格格不入啊！雖然後來我沒有去跟那群人繼續認識互動，但至少這個世界上，有人願意做這種精衛填海的事讓我還滿感動的。你想想，要救擱淺動物耶！哪有這麼容易？而且還是海裡面的野生動物，基本上牠們會發生擱淺的狀況，大都是牠們本身的健康狀況出了問題，如果在自然中物競天擇的結果，牠們就會被自然淘汰死亡，其實人要介入救援，真的是要費很大的人力和財力耶！你說如果你知道自己不分晝夜照顧的動物，十隻只有半隻的存活率，其他九隻半都是『白費力氣』，那你還會願意去做這件事嗎？」小鯨常常會有一種正氣凜然的表情。「我不會啊，我不會去救。但是如果牠們死了我會想要拿回來做標本。」其實我很相信生命這件事，生老病死是自然界的循環，對一隻擱淺的鯨豚做搬移跟急救，就好像你為了維持臨終之人的呼吸還硬是要插管治療一樣，其實救活的機率真的很低，還不如讓牠安靜地走，不要在死前還受到這麼多的緊迫和壓力。如果是一隻死亡的動物，牠的生命已經消失了，我就希望可以把牠的骨頭留下來，作為教學用的標本，讓更多人可以認識牠。

在黑潮，我們的確常為了「人道」還是「自然」、「制度」還是「自律」等問題彼此爭論不休，各自著重的點很不一樣，小鯨喜歡人，我喜歡動物，厲心喜歡海，清海伯當然喜歡魚啦！其實每個人來到這裡的原因都很不一樣，被吸引而留在這裡的理由也有所不同，但卻因此可以彼此參照，用不同的面向去思考和對話，也許這就是黑潮的魅力吧。不論你是否曾經到過生命的谷底，或是你是很激進的社會主義分子，甚至是偽裝成正常人但內心很激進的老師、公務人員或上班族，黑潮都曾經如此包容地將形形色色的人們納入這道洋流之中——只要你有乾淨的靈魂。

我以前不知道這個團體有這樣的魅力，直到遇上一些很不一樣的生命，見證了那些改變，才因此慢慢覺得很有意思。去年夏天，黑潮兩個月的潮生活營隊就來了一個桀驁不馴的夥伴 L。他還滿有趣的，營隊還沒開始，他就自己跑到花蓮來租房子，然後跑到黑潮辦公室去自我介紹，說他是做社運的。一開始大家聽他談在西部如何衝撞國會、如何在社運現場被警察驅離，都覺得這傢伙很有趣。因為在花蓮的「社會運動」不是這樣玩的，東部跟西部很不一樣，我們不認為在西部的經驗可以直接複製移植來東部。過了一段時間，覺得夥伴 L 好像對我們有點失望，覺得我們不抗爭、太溫和了；再過了一段時間，他也開始跟大家一起去跳水、跳海、走步道，真正在這個城市生活，也跟著去了幾場溫和的抗議，他開始慢下腳步來聽別人怎麼說，去感受這塊土地的節奏，最近他跟我說：「你們讓我知道，原來堅持一件事也可以這麼溫柔。」夥伴 L 雖然是個「暴民」，但其實內心藏著文青魂：「像我這種戒

聚是火，散是星。

過毒、沒有學歷、沒有存款的人，來花蓮之前其實覺得我的氣息比較接近工運組織，但現在覺得我身上的元素也不斷被改變。也許是因為我這種人跟黑潮的人具有某種流浪者性格，所以能夠彼此容納，再加上黑潮的容納性和隨性，這種寬容就是黑潮跟西部其他組織不一樣的地方。」我和 L 並肩仰躺在海邊，坐看一道浪打上海岸，四處飛濺起白色浪花，覺得這就是海啊。

愛海的人也像海。

不確定典故出於誰了，在每個夏天跟相處了兩個月的夥伴們道別的時刻，總讓我想起這句話——聚是一團火，散是滿天星。

敏感、清醒，對世界憤怒的生命，總是特別需要陪伴；當這些尋找支持的生命相聚在一起時，總是會共同燃燒成一把火，想要像夜裡的海上魚燈一樣照亮整座海面，或是如帳篷前熱烈燃燒的青春火光，不斷加入夢想的柴薪，燒得通天紅亮；而這樣熱烈聚合過的生命來自於各地，也將在夏天過後重新回到來時路，但我相信當他們離去時，必定帶著不一樣的視野，回到各自的世界散發光亮。於是我們不怕離別，因為我們總會在街頭相見，可能是另一個為弱勢發聲的遊行、可能在某一間氣味獨特的獨立書店，甚至是在考船員證的試場，或是一場別具意義的演講⋯⋯我們總會在同頻的地方相遇，就像是在城市任何一個角落，抬起頭都能馬上尋到的星星。

所以，就走吧。去追尋那遙不可及的夢想，去挑戰那前所未見的高峰，就像唐吉訶德所唱誦的〈追夢無悔〉（The Impossible Dream）一樣：

> 去做那不可能的夢想
> 去和那打不敗的敵人戰鬥
> 承擔那無法承受的哀愁
> 奔向那勇者們都不敢前去的地方
> 去改正那無法修正的錯誤
> 從遠處獻上純潔的愛

在你的雙臂都已疲累的時候繼續努力
伸手去探取那遙不可及的星星
這就是我的理想

去追尋那顆星星
不論希望多麼渺茫
不論路途有多遙遠
沒有疑惑
永不休止的為正義而戰鬥
為了天賦的使命
即使被打入地獄也心甘情願
而我知道
只要我忠於這璀璨的夢想
當我被安葬的時候
我的心將會寧靜祥和
而世界也將變得更加美好
因為有個備受責難滿身創傷的人
仍然在拚著他最後一絲的勇氣
去探取那遙不可及的星星

迷途的水手終將相見

明日船班

聽過一千零一夜的故事嗎？

來自阿拉伯的民間傳說，一位國王因為遭受妻子情感的背叛，一夕之間成了嗜殺成性的殺人惡魔，每個夜裡召來一位女性陪伴過後，凌晨就把她們給殺死了。後來有一位天資聰穎的少女，不幸也成了國王的入幕之賓，為了延續自己的生命以看見明天的陽光，這位少女每個晚上就給國王講一個故事，讓國王聽得津津有味，為了要再聽明天的故事，只得留她活命。就這樣，少女以她豐富的想像力和充滿寓意的故事，陪伴國王度過了特別的一千零一夜，終於到最後，國王捨不得將少女處死，從此少女成了國王的新王后，兩人白頭偕老。這一系列故事，又稱為「天方夜譚」。

從小，我在天方夜譚的故事裡長大，這位妙齡少女講述給國王聽的故事，也讓我成了沉浸在故事情節中如癡如醉的聽眾，一路跟著阿里巴巴與四十大盜和阿拉丁神燈探險、飛翔。長大之後我才知道，一千零一夜的情節本身講的其實是一個關於陪伴、等待和愛的故事。從小我就喜歡聽故事，小時候是奶奶講故事給我聽，在小小山城裡望不見海洋，卻有奶奶勞動的身影、綁著花布的斗笠，用剩布自己裁縫的袖套和日頭潋灩的曬穀場。從小便是奶奶將我帶大，直到我離開了山城，翻山越嶺到山脈另一端的海洋城市裡生活——我那雙還留著山谷裡回音的耳朵，現在正聆聽著太平洋吹來的風；我那雙看過大冠鷲翱翔在山峰的眼睛，現在專注尋找著海上躍動的鯨豚身影；我從小嗅著長大的稻香味和檳榔花開的香氣，現在則習慣於潮間帶瀰漫的藤壺腥味和船隻的柴油味。

而我賴以維生的故事，則從深山裡的虎姑婆變成了深海的傳奇；為我訴說一則又一則生命故事的人，則從夾雜客家與閩南語的奶奶，變成了一望無際的大海，以及這群在海上並肩遠望的黑潮夥伴。

曾經，隔著好幾座山的長途電話中，我望著海上的月光問奶奶：「阿婆，你那邊看得到月光嗎？」奶奶用客家話回我說：「有啊～月光光，秀才郎。」我笑著想起了從小她在我耳畔吟唱的歌謠：「月光光，秀才郎，船來等，轎來扛，一扛扛到河東央，蝦公毛蟹拜龍王，龍王腳下一蕊花，拿畀阿妹轉妹家，轉到妹家笑哈哈。」這

首提到海龍王的童謠，竟是終年生活在山城裡的奶奶，唱給我聽的第一首搖籃曲。

生命幾經周折，最終我還是離開了從小生長的山谷，走向奶奶口中的海龍王所在之處，那是一座奶奶終生未曾見過的蔚藍大海，世界上的第一大洋。開始在海上聽故事、說故事之後，我想著終有一天要帶奶奶上船，來到生命初始之處，來到所有故事的源頭，在海上、在船上，我想要奶奶安然地坐在那兒，換我講故事給她聽。我想告訴她山脈如何在經過千萬年的擠壓後形成了翠綠的褶皺，想告訴她海浪的起源和海鳥如何分辨，想告訴她關於大航海時代的冒險故事，想讓她也跟我一起閉上眼睛，聞聞海風的味道。我還想介紹海上的朋友給她認識，讓她也聽聽大鯨在水下歌唱的聲音，讓她驚喜地隨著船首飆浪的海豚歡呼鼓掌，我想帶她來到海上，親眼看看我日夜膜拜的風景──但是奶奶終究沒能來到這裡。直到她離開了自始至終成長生活的山城，隨著菩薩的引渡去到了另一個世界，始終都沒能來到這片留住我的海，我才明白，有些等待，看得見盡頭。

即便如此，我始終相信：母親生我時的夢境和鯨尾巴狀的胎記，以及奶奶在我出生後第一首吟唱的客家童謠，都是生命中的暗示。我終究是要回返那片大海，追尋那一支唱著海洋之歌的隊伍，追上前與他們並肩──直至黑潮洶湧之處，我們終將相遇。

夜深之後的螺肉攤，人與燈光逐漸散去。

空了的酒瓶、杯盤狼藉的桌面、空氣中飄散的香煙味，那些還在進行中的愛戀與糾結，和已經說完了的海上故事，仍在月光沒入海中的那一刻，靜靜等待著明日清晨的海上船班，繼續傳遞下去。

影像來源（依姓氏筆畫排列）

江文龍	069、135、137、138、156
金磊	026、029、076、083、084、085、114、115、130
林明謙	017、099、102、172
林東良	014、051、149、165、176
林泓旭	020、110、119
林靜	154
陳彥呈	036
張卉君	035、055、062、109、125、127、142、145、168
黑潮海洋文教基金會	047、059、074、094、096
劉慶隆	073、089
賴益民	041
賴靖騏	160

海洋文教基金會
Kuroshio Ocean Education Foundation

可曾行船海上回望福爾摩沙美麗島？湛藍的天空、山脈、海洋，共同孕育寶島台灣。

一道由南往北經過台灣東部的北赤道洋流，清澈高溫、流速穩定，因水色濃重也被稱作「黑潮」，造就豐富的海洋生機，活絡周遭環境，靜靜默默，堅持濤濤向北，象徵台灣永不止息的生命勁力。

黑潮海洋文教基金會於一九九八年成立，從鯨豚調查記錄工作為開端，進而以「關懷台灣海洋環境、生態與文化」為宗旨，盼匯集台灣愛好海洋民眾的心力，如同一股陸地上的黑潮洋流，共同以穩定、溫暖、堅持的態度，傳達與實踐海洋保育理念，期待讓大家親近、認識而珍惜海洋。

海洋生態觀察、海上觀察與解說、東部鯨豚調查紀錄

鯨豚是海洋生態系中的高階消費者，被形容為「海洋的巨人與精靈」，可說是海洋環境的生命指標，關心鯨豚就是關心海洋的開始，而賞鯨船如同海洋教室，能帶領

遊客身歷其境分享知識與感動。

黑潮自一九九九年起即投入花蓮港賞鯨解說培訓，每年夏天舉辦「海上觀察與解說營」，以多面向課程引導學員兼具生態認知與解說觀察能力、累積對海洋的深厚情感與體驗。迄今，近五百位學員參與，並培訓出三十位解說員協助出海解說，其他半數以上願意長期投入會務，已成為本會為台灣培育海洋志工團隊的主要途徑。

此外，我們也在北花蓮海域累積千筆野外鯨豚目擊紀錄，建置資料庫，並完成「飛旋海豚的一天」調查與「海豚的圈圈」影像紀錄片等。二〇一〇年開始，進行花蓮海域瑞氏海豚(花紋海豚)個體辨識研究計畫（PHOTO ID），已成功辨識出二百五十隻以上的花紋海豚個體，並提供學術單位進行花紋海豚族群遷徙、社群結構、年齡確認等科學研究。二〇一一年起，更針對北花蓮海域目擊鯨豚進行水下錄音，收錄台灣外海鯨豚聲紋資料，並協助農委會林務局建構台灣野生鯨豚聲紋資料庫。

黑潮除了自行完成多項鯨豚相關研究，同時也協助其他學術單位或學校進行海洋及生物資料搜集及調查，二〇〇六年協助中研院生物多樣性中心陳國勤博士進行石梯坪藤壺生態監測，二〇〇九至二〇一一年協助中山大學張水鍇教授進行花蓮海域飛魚採樣調查研究

海洋教育推廣、推廣講座、攝影展覽、營隊研習、教材設計、刊物繪本

黑潮於國內外舉辦多次生態攝影展，呈現台灣的鯨豚身影與海岸之美，也接受邀請到學校、社區、社團等進行海洋主題經驗分享，推廣海洋環境教育。

出版四本以海洋為主題的繪本，二〇一二年完成二十場以上到花蓮偏鄉部落學校的繪本分享，二〇一三年則結合海洋繪本、海洋生態紀錄片等，在資源較少的偏鄉學校辦理 2-4 小時講座，在二〇一三至二〇一四年間於台灣各地累積共計 50 場以

上。

將艱深的「台灣野望國際自然影展」生態紀錄片，以淺顯易懂的方式介紹給學生及社會大眾，二○一二至二○一三年共計放映五十餘場。二○一四年將再度進行「台灣野望國際自然影展」生態紀錄片繼續在花蓮放映。二○一五年，黑潮亦與澳門「足跡」劇團合作，再度前進偏鄉校園巡迴演出反圈養生命教育兒童偶劇「圈圈」。

翻譯《出賣牙買加》紀錄片，關心東海岸過度開發議題，完成巡迴放映五十場以上。二○一三年翻譯《海洋塑化記》紀錄片，提醒民眾塑膠垃圾對於海洋環境的傷害。

海洋文史調查、漁業紀實、文化調查

台灣的海洋資源如此豐碩卻日益衰竭，整體環境不佳使得沿海漁業文化逐漸消逝。黑潮體認到漁村是海洋文化的一環，試著回溯拼貼一幕幕漁村生活：一九九八至一九九九年追尋因花蓮港擴建工程而消失的「鳥踏石仔」村史；二○○二年「傳統漁業文化紀實」研究花蓮漁撈作業至今的轉變。

二○○五至二○○六年「台灣竹筏文化調查計畫」記錄庶民漁法、討海人今昔處境，並與大港口部落合作以傳統工法重現製筏過程。

二○○九至二○一一年「海人誌 - 台灣東岸花蓮漁村耆老、漁民口述生命經驗調查與研究」，伴隨時代演進，漁村形式式微，漁民技藝傳承逐漸凋零，漁民人口亦相對減少。歷史痕跡與經驗傳承必須加緊腳步的被保留下來，於是以花蓮港漁民為重點，紀錄其生命經驗與漁業文化，並在二○一一年十二月於「第五屆國際黑潮研討會（The 5th International Kuroshio Symposium）」中發表。

二○一一至二○一三年「有漁—台灣漁文化當代紀實調查計畫」，對台灣本島的重要漁港，依四季，從漁獲、漁市、漁法等面向，作一番田野調查。我們試圖──將

艱深的海洋生物知識，轉化為輕鬆易懂、印象深刻的保育概念；提供挑選海鮮的原則，傳遞大眾都能接受的永續論點；調查漁船、漁港到魚市的配銷管道；調查傳統市場與超市（量販店）最常陳列的海鮮種類；明列哪些種類不要吃，哪些種類可以吃；提供讓低價的魚變好吃的食譜。二〇一五年八場「魚的道遊園地」活動，規劃從產地到餐桌的行旅活動，帶著消費者走訪漁港、定置漁場、大賣場，一同追尋餐桌上魚的身世，盼能讓大眾吃魚之際更能有友善海洋的好選擇。

海岸活動體驗、體驗行旅、海岸寫真、地圖繪製

海岸，是陸地的邊陲、海洋的起點，引我們前往發現豐富故事與生命內涵，自二〇〇〇年起的「海岸行旅」帶各地朋友走遍花蓮，每段海岸都刻劃著美麗與滄桑。

二〇〇二年組成「海岸寫真工作隊」，紀錄花蓮海岸的身世，辦理「海岸鄉土文化研習營」、出版《台 11 線藍色太平洋》，分享與大自然相處的方式。

二〇〇六年，繪製發送自導式海岸地圖，讓大家可按圖索驥貼近當地，而非消費式的走馬看花。二〇一〇年起迄今，成立「黑潮青年壯遊點」，推出「震撼清水斷崖」、「一日討海人」等行程，以自然且深度的方式帶領年輕學子認識花蓮的海岸、海洋、鯨豚、部落、漁港 (漁業文化)，結合在地達人人文導覽，體驗海洋的不同風貌。

海岸環境監測、海灘廢棄物監測計畫、ICC 國際淨灘行動、環境議題

二〇〇〇年，黑潮首度引進海廢監測方法，透過淨灘與長期記錄垃圾種類數量，瞭解台灣海岸面臨的垃圾問題；同時也擔任 ICC 國際淨灘行動的台灣聯絡團體，每年九月舉辦台灣 ICC 行動，將監測資料統整傳送到美國 The Ocean Conservancy 國際海洋廢棄物資料庫，於二〇一〇年起與台南市社區大學、台灣環境資訊協會、

185

荒野保護協會、國立海洋科技博物館籌備處共同成立『臺灣清淨海洋行動聯盟』，並參與由日本、韓國及泰國環境團體組成的『Asia Civil Forum』，與國際合作共同關心海洋垃圾污染議題。

海洋哺乳動物圈養議題

關注海洋動物野外捕捉、圈養、展示、表演等相關議題，先後曾於二〇〇六年舉行「讓白鯨回家與家人團聚」記者會，抗議海生館二度進口白鯨作為表演展示用途、二〇一二年列席關懷生命協會「終止動物戲謔」記者會，批判人類捕捉動物並以其為商業娛樂對象、二〇一三年與台灣動物社會研究會共同發起「想念海洋 水缸不是牠的家！」記者會，呼籲海生館停止鯨鯊圈養並評估野放行動、二〇一四年九月與台灣動物社會研究會共同發起「禁止表演—期待海上自由相遇」記者會，呼籲國內表演業者停止動物的展示表演行為、二〇一五年四月再度與台灣動物社會研究會共同發起「你的樂園，牠的地獄！修法禁止野生動物表演」，進一步推動立法；同年十一月二十九日，舉辦「海洋哺乳動物圈養議題國際研討會」，廣邀兩岸三地及歐美動保組織共同參與，持續在反圈養議題耕耘，傳達給社會大眾「不應為了娛樂人類圈養任何野生動物，且目前已被圈養的動物都應得到妥善照顧」的信念，並於「黑潮電子報」呈現相關論述。

許下對海的承諾，尋找未來

過去，我們的眼光侷限陸地，沒有機會認識鯨豚以及其他豐富的海洋生命；而我們的腳步停在海岸，只有對峙隔閡，卻看不見向外延伸的視野……

人們應如何看待海洋？環境惡化速度很快，想恢復卻困難重重。要還給台灣海岸與海洋應有的尊重與乾淨的風貌—我們該如此承諾。人與海，和諧依存，這樣的願景需要大眾一起參與。

海洋總是敞開著，若能開拓視野、與海建立和善關係，這是海洋精神與藍色文明的

展現。黑潮海洋文教基金會期盼並需要您的呼應，讓我們共同盡一分海洋子民的心力，邀請大家走向海洋，尋找另一個未來。

守望海洋，請支持黑潮成為您的海洋環境代理人。

【捐款資訊】

中國信託商業銀行花蓮分行 (銀行代碼 822)

帳號 :336118065009

戶名 : 財團法人黑潮海洋文教基金會

黑潮網址： http://www.kuroshio.org.tw/newsite/

捐款黑潮： http://0rz.tw/9RSak

Change 6

黑潮洶湧

關於人、海洋、鯨豚的故事

作者：張卉君
責任編輯：張人弘
封面設計：林育鋒
校對：呂佳真
法律顧問：全理法律事務所董安丹律師

出版 ——— 英屬蓋曼群島商網路與書股份有限公司台灣分公司

發行 ——— 大塊文化出版股份有限公司
台北市10550南京東路四段25號11樓
www.locuspublishing.com
讀者服務專線：0800-006689
TEL：(02)87123898
FAX：(02)87123897
郵撥帳號：18955675
戶名：大塊文化出版股份有限公司

總經銷 ——— 大和書報圖書股份有限公司
地址：新北市新莊區五工五路2號
TEL：(02) 89902588
FAX：(02) 22901658

製版 ——— 瑞豐實業股份有限公司

初版一刷：2016年11月 定價：新台幣280元
ISBN: 978-986-213-749-9
版權所有 翻印必究 Printed in Taiwan

國家圖書館出版品預行編目(CIP)資料

黑潮洶湧：關於人、海洋、鯨豚的故事 / 張卉君著.
-- 初版. -- 臺北市：大塊文化, 2016.11
面； 公分. -- (Change ; 6)

ISBN 978-986-213-749-9(平裝)

857.63   105018862

LOCUS

LOCUS

LOCUS

LOCUS